# Münchner Skizzen

Hedwig Zander

# Münchner Skizzen

## und andere Geschichten

Bibliografische Information der Deutschen Nationalbibliothek:
Die Deutsche Nationalbibliothek verzeichnet diese Publikation in der Deutschen
Nationalbibliografie;
detaillierte bibliografische Daten sind im Internet über
http://dnb.d-nb.de abrufbar.


© 2010 Hedwig Zander
Satz, Umschlaggestaltung, Herstellung und Verlag:
Books on Demand GmbH, Norderstedt
ISBN: 978-3-8391-5710-7

# Inhalt

# Hungerjahre

Je länger der Krieg sich hinzog, umso mehr hatten die Stadtleute unter dem Hunger zu leiden und alles wurde von Tag zu Tag schwieriger. Doch das Hauptelend begann hinterher, als in den Städten alles in Schutt und Asche lag und die Menschen versuchen mussten, irgendwie zurechtzukommen.

Im Krieg hatte es doch Lebensmittelmarken gegeben, die ein bescheidenes Überleben insoweit sicherten, als man für diese Marken noch irgendwo irgendetwas ergattern konnte. Langwieriges Anstehen waren wir inzwischen gewohnt. Kohlen holte man sich in einer Tüte! Und um im Winter nicht allzu sehr frieren zu müssen, wanderte man mit einem kleinen Leiterwagen in den über eine Stunde entfernten Wald, um nach Erhalt eines sogenannten »Holzscheines« Tannenzapfen und Kleinholz zu sammeln. Ein schweres Unwetter hatte im Westen von Fürstenfeldbruck einen ganzen Wald niedergelegt, in dem die gefallenen Stämme kreuz und quer übereinanderlagen. Vaters Freund besaß einen Kleintransporter für sein Geschäft, mit dessen Hilfe wir uns das Heizmaterial nachhause holten. Tagelang hatten wir in diesem Wald versucht, zwischen den schweren Stämmen der Bäume nach kleineren Ästen und Stämmchen zu suchen, unter der ständigen Gefahr, von einem nachstürzenden Baum verletzt zu werden. Papa arbeitete bis zur Erschöpfung und nahm sich kaum Zeit, ein bisschen zu essen. Das Abhacken und Absägen der dicken Zweige war ungeheuer mühevoll. Doch wir konnten endlich zwei Anhänger voll Bruchholz heimschaffen. Da fing dann das Kleinsägen und Hacken erst richtig an. Und bis endlich alles aufgeschichtet war, vergingen wieder einige Tage. Papa war unermüdlich und schuftete bis zum Umfallen.

Manchmal fuhren wir auch mit dem Rad in die Wälder, um Reisig und Holzabfälle der UNRRA, die im Wald Bäume schlug, heimzufahren. Papa hatte sich einen kleinen Anhänger für das Fahrrad gebastelt, um etwas mehr auszurichten, denn auf dem Radständer und dem Gepäckträger konnte man nicht viel unterbringen. Doch eines Tages kippte der provisorische Anhänger, der doch so viel Arbeit gekostet hatte, um und all das Holz lag auf der Straße. Papa war ganz verzweifelt und hätte am liebsten geheult. Er hat mir unendlich leidgetan, wie er, zum Umfallen müde, auch noch diese Katastrophe erleben musste. Wir mussten erst einmal nachhause pilgern, um den Handwagen zu holen und das Holz umzuladen, während einer von uns zur Bewachung bei dem Holzchaos zurückgeblieben war. Unendlich mühsam war diese Zeit und selbst uns, die wir all das erlebt haben, fällt es heute schwer, uns noch genau daran zu erinnern. In der Vergangenheit erscheint alles »normaler«.

In München gab es eine »Schwarzmarktstelle«, wo man für viel Geld oder gegen »Wertgegenstände« allerlei Nahrungsmittel, Zigaretten, Klamotten und Ähnliches besorgen konnte. Woher diese Leute all das Zeug ergaunert hatten oder ob es aus US-Beständen stammte, war nicht zu erfahren. Aber man musste sehr vorsichtig sein und durfte sich nicht von der Besatzungsmacht erwischen lassen. Man kam sich beinahe selbst wie ein Gauner oder Dieb vor, doch was tut man nicht alles, um zu überleben!

Da wir selbst in Franken mit bäuerlichen Verwandten »gesegnet« waren, machten wir uns ein bis zwei Mal im Jahr nach dort auf die Reise und hier sind mir besonders zwei Ereignisse im Gedächtnis geblieben.

Damals hatten wir ja selbst kein Fahrzeug und mussten uns in die überfüllten Züge quetschen, da jedermann sich auf den Weg zu den Bauern machte, um wenigstens etwas Mehl, Fett, Fleisch oder Eier zu »hamstern«.

Einmal im Herbst fuhren wir zur Kartoffelernte. Das bedeutete tagelanges Hacken auf den Feldern, mit krummem Rücken in der Herbstsonne, so dass man nachts nicht wusste, wie man sich legen sollte und am Tage kaum noch gerade gehen konnte. Mein Onkel, dem das Feld gehörte, amüsierte sich sehr über uns Städter, die nichts Richtiges gewohnt seien und wegen dem »bissel Hacken« gleich krumm und lahm würden. Aber wir konnten uns nun gut vorstellen, dass es Bauern gab, die völlig gebückt umhergingen. Mussten sie doch tage- und wochenlang mit krummem Rücken ihre Arbeit machen. Nach der Hinfahrt im überfüllten Bummelzug kam nun der Heimweg mit schweren Rucksäcken auf dem schmerzenden Rücken. Der Weg zum Bahnhof führte über weite Stoppelfelder, Hügel und steinige Wege und im Zug gab es nur noch Stehplätze. Doch der fröhliche Empfang zuhause entschädigte uns für alle Mühe, war doch die ganze Familie für einige Zeit wieder relativ ohne Sorge.

Einmal hatten wir so viele Kartoffeln ausgegraben, dass wir sie in Säcke füllen und mit dem Rad zum Bahnhof transportieren mussten. In den Rucksäcken hatten wir auch etwas Mehl und Eier und ganz feine Äpfel. Damals konnten wir uns gar nicht mehr vorstellen, wie gut es ist, keine Rückenschmerzen zu haben. Wir hatten ja schon am ersten Tag um unsere Beweglichkeit gekämpft, denn das Graben, Auflesen, sich Aufrichten – alles war bereits nach kurzer Zeit sehr schmerzhaft und mühsam geworden. Und es ist gut, sich wieder daran zu erinnern!

Als Zweites fällt mir die Reise »in die Schwarzbeeren« ein, wie man in Franken sagt. Papusch hatte eine verheiratete Schwester auf einem Bauernhof in der Nähe sandiger Kiefernwälder, in denen es ungeheure Mengen von Schwarzbeeren (hier nennt man sie Heidelbeeren) gab. Wir reisten also an, quartierten uns bei der Tante ein und trotteten am nächsten Morgen, bewaffnet mit zwei Putzeimern, los. Tante Lies hatte uns den Weg gezeigt und uns eine Wegzehrung mitgegeben.

So plagten wir uns den ganzen Tag, um so viel wie möglich einzusammeln. Aber der arme Rücken bekam wieder sein Teil ab. Wir hatten nach jedem Bücken – und wie oft haben wir uns wohl beim Pflücken gebückt! – Mühe, uns wieder aufzurichten. Immer wieder mussten wir uns am Waldrand hinlegen und ausstrecken und kamen jedes Mal schwerer wieder auf die Beine. Zwei Tage lang haben wir eifrig gepflückt, bis beide Eimer voll waren. Die Hände waren blau, die Schuhe und Strümpfe ebenfalls und natürlich die Zähne und Lippen, denn wir hatten einen geradezu schrecklichen Hunger trotz unserer Wegzehrung. Ohne einige Flecke auf den Kleidern ging es leider nicht ab.

Als es dann abends nach all der Mühe bei Tante Lies Kartoffelsalat mit Grünem gemischt und einige Eier gab, war das ein Festessen für uns. Und prächtig geschlafen haben wir, solange wir nicht versuchten, uns umzudrehen, denn das war äußerst schmerzhaft und fast unmöglich.

Als wir mit unseren beiden vollen Eimern in München eintrafen, war die Freude groß und es gab tagelang Schwarzbeerkuchen und einen schönen Vorrat in den Einweckgläsern für den Winter.

Es ist erstaunlich, wie erfinderisch man wird, wenn es nichts mehr zu kaufen gibt.

Bei meinem Onkel auf dem Lande hatte ich noch drei Kusinen (und zwei Vettern) und wir versuchten eifrig, uns »Torten« zu machen. Zwieback gab es manchmal und Magermilch hatten wir auch. So schichteten wir Zwiebackstückchen auf einer Platte nebeneinander auf und strichen eine Art Pudding darüber, den wir aus Kartoffelmehl, Magermilch und Kakao, den wir selten genug bekamen, bereiteten. Dann kam wieder eine Schicht Zwieback und ganz obenauf etwas Marmelade oder Obstmus, das die Bäuerin beisteuerte. Aus Magermilch schlugen wir uns auch Schlagsahne! Künstliche Essenzen konnte man kaufen und Eier hatten wir von unseren Hühnern. Fabelhaft hat uns das geschmeckt!

Meine Kusinen hatten ja keinen großen Nachholbedarf, was das Essen betraf, aber ich war nach dem Soldatenfutter bei der Wehrmacht sehr froh über diese »Zusätze«. Als Soldatin hatte ich gelernt, mit wenig auszukommen.

Auch Seife war durchaus Mangelware in München. Aber Papusch wusste sich auch hier zu helfen. Wir sammelten wochenlang Knochen, bewahrten Holzasche in einem großen Topf sorgfältig auf und kochten unter Zuhilfenahme von Ätznatron selbst Seife. Parfümiert wurde sie entweder mit Gewürzen oder sogar mit einigen Tropfen Orangenblütenwasser, das Papa besorgt hatte. Das Übel daran war der schreckliche Geruch, den das Kochen der Knochen im ganzen Haus hinterließ.

Mit unserer Kleidung war es auch nicht gut bestellt. Aber wir hatten ja noch alte Sachen, die nicht mehr zu gebrauchen waren. Diese wurden aufgetrennt und so entstanden aus »alten Lumpen« wieder einigermaßen tragbare Sachen. Mama und ich konnten gut nähen, was uns in diesem Fall sehr zustattenkam.

So haben wir uns einige Jahre lang mit allerlei Kniffen und Hilfsmitteln durchgeschlagen und als ich am 18. Mai 1944 heiratete, musste ich mir aus einem hellbeigen Stoff (weiß gab es ihn nicht), den ich mit Hilfe lange gesammelter und zusätzlich erbettelter Kleidermarken erworben hatte, mein Brautkleid selbst nähen. Es wurde tatsächlich erst am Abend vor der Hochzeit fertig und es war sehr schön geworden. Ich habe es bis heute aufbewahrt. Zur goldenen Hochzeit konnte ich es leider nicht mehr tragen, ich war total herausgewachsen.

# Arme Leute

Wo Papa die Leute immer aufgabelt hat, ist mir immer ein Rätsel geblieben, aber sie waren arm, sehr arm und er hatte zeitlebens das dringende Bedürfnis, armen Leuten zu helfen, obwohl wir selbst sehr sparsam leben mussten. Überhaupt konnte man mit jedem Anliegen zu ihm kommen, er versuchte stets, beizuspringen, auch finanziell.

Diese Leute nun wohnten in einer Art größerem Schäferkarren, einem winzigen Holzhaus, an einer Seite eine schiefe Holztüre, von der die grüne Farbe größtenteils abgeblättert war, und an zwei Seiten noch ein kleines Fensterchen. Betrat man das Haus über eine krumme Stufe durch diese grüne Türe, befand man sich in einem düsteren Raum, der mit allerlei Gerümpel angefüllt war und einen kleinen Kanonenofen für die kalte Jahreszeit beherbergte, und es roch ganz seltsam, was mich am meisten beunruhigte. Ich war damals noch sehr klein, etwa vier bis fünf Jahre, und ich weiß heute nicht mehr, ob es dort Betten oder etwas Ähnliches gab oder überhaupt irgendwelche Möbel. Nur an ein altes baufälliges Regal erinnere ich mich, das Teller, angeschlagene Tassen und ein paar Blechschüsseln enthielt.

Die Familie bestand aus einem selten nüchternen, verwahrlosten, stoppelbärtigen Mann und einer dicken, schmutzigen Frau unbestimmbaren Alters, worüber meine adrette Mama nach jedem Besuch lange entsetzte Klagelieder anstimmte. Sie konnte sich einfach nicht vorstellen, wie es möglich war, unter solchen Umständen zu leben. Und das Bedrückende dieses Zustandes hatte sich mir nachhaltig eingeprägt.

Dann gab es dort noch ein kleines Mädchen, etwas jünger als ich, von dem mir nur seine gelbe, schmutzige Schürze und seine beiden struppigen Zöpfe in Erinnerung geblieben sind.

Diese Behausung stand auf einem kleinen Acker, auf dem nur spärliches Unkraut wuchs, von dem sich die hinten am Haus angebundene Ziege kümmerlich ernährte, und einem Beet, das Tomaten und Krautköpfe hervorbrachte.

Etwa vier Mal im Jahr radelten meine Eltern mit mir hin, um Esswaren und getragene Sachen oder auch Geschirr oder sonst wie nötige Dinge hinzubringen, die mit vielen Tränen und Dankesbezeugungen in Empfang genommen wurden. Meist habe ich an der Türe schon kehrtgemacht, um draußen herumzustehen oder mit dem kleinen Mädchen mit Steinen zu spielen oder nach Regenwetter aus der klebrigen Erde Knödel zu formen. Auch auf der einzigen schmutzigen Treppe saßen wir zuweilen auf einem Stück Papier und schwiegen. Wir wussten rein gar nichts miteinander anzufangen.

Plötzlich wurden diese Besuche eingestellt und Papusch erzählte, es sei etwas Böses vorgefallen. Man habe die Leute weggebracht und das Haus abgerissen.

Papusch konnte nicht herausbringen, wo sie hingekommen waren. Es wurde gemunkelt, es seien Zigeuner gewesen, wie man sie damals nannte, die geraubt und gestohlen hatten. Ich weiß es nicht.

# Klavierstunden

Etwa in meinem drittem Lebensjahr zog in unsere kleine Mansarden-
wohnung ein sog. Tafelklavier ein, das nur durch eiserne Sparsamkeit
ermöglicht worden war. Mamatschi spielte Laute und sang sehr hübsch
dazu, doch ihr Traum war ein Klavier und Papusch erfüllte seiner hüb-
schen Frau diesen Wunsch. Von allen Stücken liebte ich das »Vögleins
Abendlied« und »Waldesrauschen«. Ich hockte neben den Pedalen am
Boden und hörte zu – und zählte zum Erstaunen meiner Eltern die Fehler,
indem ich ans Klavier klopfte, wenn ein falscher Ton erklang. Natürlich versuchte ich mich ebenfalls an den Tasten, die so wunderbare Töne
hervorbrachten, und so kam es, dass ich etwa ab dem fünften Jahr trotz
äußerster Geldknappheit die ersten Musikstunden erhielt.

Meine erste Lehrerin, Fräulein N., lebte in einer niedlichen Mansarden-
wohnung mit einem winzigen Balkon in Neuhausen. Damals ging ich noch
nicht zur Schule und Mamatschi begleitete mich auf dem halbstündigen
Weg. Meistens gab es Tränen, wenn die Stunde fällig war, denn Frl. N. war
schon eine ältere Dame und wohl etwas verbittert, hart und sehr streng. Sie
bestand darauf, mir während des Spielens ein Lineal auf die Hände zu legen
und mir, wenn es herabfiel, einen Klaps mit dem Lineal auf die Finger zu
geben. Doch wie sollte man die Finger über die Tasten bewegen, ohne dabei
die Hände zu rühren! So musste ich mir häufig Vorwürfe anhören, wie: Du
wirst nie richtig Klavier spielen können, wenn du die Hände nicht ruhig halten kannst. Du bist völlig ungeeignet, völlig unmusikalisch, etc., und es gab
viele schmerzhafte Klapse. Meine stets anwesende Mama äußerte sich nicht
zu diesen Vorgängen, sie glaubte Frl. N. im Recht. Doch die Angst nahm
zu. Schon beim Aufstehen an den verhängnisvollen Tagen schüttelte mich

die Angst und ich hoffte, entweder krank zu werden oder die Treppe hinunterzufallen, oder auf eine andere Rettung vor der schrecklichen Stunde. Ich verlor die Freude an der Musik, ich weigerte mich zu üben und hatte endlich den Erfolg, dass die Stunden aufgegeben wurden.

Da ich durch die verrückte Methode meiner ersten Lehrerin nach kurzer Zeit jegliches Interesse an Üben und an der Musik überhaupt verloren hatte, wurde die Quälerei ganz abgestellt. Es erwies sich aber, dass einige Straßen weiter eine sehr nette, alte Dame Klavierunterricht gab, und so wollten wir es noch einmal versuchen.

Frau F. gefiel mir sofort. Sie entsetzte sich über meinen Versuch, beim Spielen die Finger möglichst nicht zu bewegen und die Hände ruhig zu halten. Heulend erzählte ich ihr daraufhin von den ersten Unterrichtsstunden und dem Lineal, doch sie lachte nur. »Mit diesem Unsinn hören wir sofort auf.« Und nun ging es in die andere Richtung. Die Hände sollten »rollen«, der ganze Kerl sollte beteiligt sein und Lockerheit war das erste Gebot. Immer wieder entrüstete sich die gute Frau, dass man mit völlig steifen Handgelenken Musik machen sollte – so ein Blödsinn! Fr. F. machte bei ihren Schülern auch Gehörübungen und stellte erfreut fest, dass ich das »absolute Gehör« hätte. Zum Trost für zurückliegende Torturen und als Ansporn für das neue System schenkte sie mir einen alten dicken Märchenkalender, den ich noch heute besitze. Bald konnte ich auch die Geschichten selbst lesen, denn inzwischen hatte die Schule angefangen und ich war eine sehr interessierte Schülerin. Das war nun eine herrliche Zeit und ich glaube, ich bin damals sehr gut vorangekommen. Vor allem liebte ich die bunten Zeichnungen, die unsere Lehrerin auf die Tafel malte, sie konnte ausgezeichnete Bildchen anfertigen und da mir das Zeichnen selbst einen Heidenspaß machte, freute ich mich sehr darüber.

Leider erfuhr sowohl der Schul- als auch der Klavierunterricht viele Unterbrechungen durch Scharlach, Masern, Windpocken, Keuchhusten und – natürlich – lange Ferien.

Als wir etwa in meinem elften Lebensjahr in ein entgegengesetztes Stadtviertel umzogen, mussten die so angenehmen Stunden wegen des weiten Weges leider aufgegeben werden.

Doch es ergab sich bald eine neue Gelegenheit: Eine ältere Dame, die Witwe eines Dr. B., der als Architekt gearbeitet und seiner Frau offenbar keinerlei Versorgungen hinterlassen hatte, versuchte ihren Lebensunterhalt und ihre mehr als bescheidenen Wünsche an ihre Existenz mit Hilfe von Klavierstunden zu bestreiten. Bei der christlichen Einstellung meiner Mamatschi wurde sofort mit dem Unterricht begonnen, umso mehr, als Frau B. ins Haus kam, denn ihre karge Unterkunft litt keine Schülerbesuche. Mamatschi bot stets Kaffee und Kuchen an, und ich glaube, Fr. B. hatte das sehr nötig. Leider zog sie nach einiger Zeit wegen der zu hohen Miete in München nach Prien. Und wieder sprang Mamatschi mit ihrer Fürsorge ein. Sie bot Fr. B. eine Übernachtungsgelegenheit auf unserem Sofa an, verpflegte sie während ihres Aufenthaltes in München und so konnte Fr. B. neben meinem Unterricht auch ihre anderen Schüler weiterhin behalten. Da Mamatschi einen »Hang zum Höheren« hatte, redete sie die gute Dame mit Fr. Dr. B. an, denn sie hatte einen ungeheuren Respekt vor Titeln und da der ehemalige Ehegatte von Fr. B. eben einen Titel hatte, sollte der nun nicht in Vergessenheit geraten. Die Frau eines neben uns wohnenden Professors sprach sie entgegen allen unseren Vorstellungen nur mit »Frau Professor« an, da war nichts zu machen.

Fr. B. war auch deshalb nach Prien gezogen, weil sie die »Nazis« hasste und für München fürchtete. »Diese roten Fahnen bedeuten viel Blut. Deutschland wird untergehen und vernichtet werden«, hatte sie zu Mamatschi gesagt, »ich möchte dann nicht mehr in München sein.« Das war um 1934/35! Und wie recht hatte sie!

Nach etwa sechs Monaten erwies es sich, dass die Fahrten von Prien nach München nicht mehr zu realisieren waren, warum, weiß ich nicht mehr, und wieder endete der Unterricht. Da ich inzwischen die Oberklasse des

Lyzeums besuchte, wurde der Klavierunterricht bis auf weiteres – auch aus Kostengründen, denn Schulgeld, Bücher etc. musste man selbst bezahlen – ausgesetzt.

Schließlich erschien ein neuer Lehrer in unserem Haus. Eine Freundin schwärmte mir von ihrem Klavierlehrer vor, mit dem wir es denn auch versuchen wollten. Er erwies sich allerdings als sehr eigenartig. Sein Unterricht schien nicht schlecht gewesen zu sein, doch verbrachte er einen großen Teil der Stunde mit astrologischen und hellseherischen Erzählungen, was aber Mamatschi durchaus nicht schätzte. Als er eines Tages mit der interessanten Neuigkeit herausrückte, dass ich mein Leben nun recht genießen sollte, da ich kaum älter als 30 Jahre würde, nahte hier ebenfalls das Ende des Unterrichts.

Letztlich kam noch der große Krieg dazwischen, durch den sich die Schicksale der meisten Menschen völlig veränderten. Ich hatte 1944 geheiratet und war im April 1945 aus der deutschen Wehrmacht nachhause entlassen worden, während mein Mann in französischer Gefangenschaft war. Man wusste nicht, wie es weitergehen sollte. Da ich noch zuhause bei meinen Eltern wohnte, ergab sich wenigstens hier kein Problem. Das Studium an der Akademie für Angewandte Kunst war durch den Krieg unterbrochen worden und einen anderen Berufsweg hatte ich nicht. Doch ich besaß kunstgewerbliche Fähigkeiten, die mir zu einem schmalen Lebensunterhalt verhalfen. Und die Musik kam wieder zu ihrem Recht: In unserer Kirche gab die Organistin Orgel- und Klavierstunden. Ich musste versprechen, bei plötzlicher Verhinderung der Organistin im Gottesdienst die Orgel zu spielen, und so lernte ich auch mit diesem wunderbaren Instrument umzugehen, was mir ungeheuer viel Freude machte. Zu meinem Schrecken ereilte mich auch meine Zusage des »Aushelfens«, doch Fr. W. lehrte mich, dass »da unten keine Leute, sondern nur Kohlköpfe« seien, was mein übrigens sehr berechtigtes Lampenfieber etwas milderte. Es ging überraschend gut.

Frau W. hatte mich auch gelehrt, bei kleinen Konzerten zu spielen, und ich konnte bei dieser Gelegenheit mit Erfolg die französischen Suiten Nr. VI von J. S. Bach auswendig vortragen, was mein Selbstbewusstsein ungeheuer stärkte.

Als wir dann 1958 in eine eigene Wohnung zogen, durfte das Klavier nicht mit, weil mein Schwesterchen ebenfalls Klavierunterricht hatte, und es hat viele Jahre gedauert, bis ich mir selbst ein Instrument leisten konnte. Und nun spielte ich wieder, doch wird jeder »Eingeweihte« wissen, was es bedeutet, völlig neu anfangen zu müssen! Aber es gibt wieder Musik im Haus!

# Meine erste Stelle

Es war alles andere als schön. Vom Arbeitsamt war mir diese Halbtags-
stelle zugewiesen worden. Von 10 bis 16 Uhr hatte ich anwesend zu sein
und verdiente in der Woche 15,- DM. Mich hatte die Not getrieben, auf
Biegen und Brechen eine Arbeit zu suchen, und ich packte das Erste an,
das sich mir bot.

Zuallererst musste ich den kleinen hässlichen Zeltofen anheizen, um in
der Baracke nicht zu frieren. Alles lag voll Schmutz, seit Monaten war
nicht geputzt worden. Papiere lagen umher, Notizzettel, Kleinholz, Papp-
reste und noch allerlei anderes Gerümpel. Das winzige »Kontor« strotzte
nur so vor Unreinlichkeit, wie auch der schwammige, schmuddelige Chef,
ein kleiner aufdringlicher Kerl, der stets während seiner Abwesenheit
das Telefon mit einem Vorhängeschloss sicherte, damit ich nicht anrufen
konnte. Ein baufälliger, schmieriger Schreibtisch diente als Arbeitsplatz,
die mächtige Schreibmaschine war kaum noch als brauchbar zu bezeich-
nen.

Seit über einem halben Jahr war keinerlei Buchhaltung gemacht worden und es sollte meine Halbtagsaufgabe sein, in dieses unübersichtliche
Durcheinander Ordnung zu bringen, da eine Überprüfung der Finanz-
behörde in Kürze zu erwarten war. Ein Teil der Belege war offensichtlich
nicht mehr vorhanden und da sollte ich mich – ich hatte nur einen 4-Wo-
chen-Kurs in Buchhaltung vorzuweisen, das war meine ganze Büroaus-
bildung – durchlavieren, damit durch das Finanzamt keine Unannehm-
lichkeiten zu gewärtigen waren, denn davor hatte der »Chef« offenbar
eine Heidenangst. Der dicke kleine Mann mit den listigen Äuglein, einem

großen Wagen und einem unglaublichen Geiz kontrollierte täglich mehrmals meine Arbeit und forderte mich auf, es nicht so genau zu nehmen, Hauptsache, dass alles »sauber« würde.

Nach einigen Tagen anstrengender Forschungsarbeit und Sichtung aller Papierfetzen und umherliegender Belege tauchte ein Herr vom Finanzamt auf. Als er sah, was ich hier vor mir hatte, bedauerte er mich und meinte: »Das werden Sie auch in einem Jahr nicht hinkriegen, das kann nicht einmal ein Zauberer. Ich nehme an, dass man einen Teil der Belege einfach weggeworfen hat.« Aber das war nicht meine Sache. Ich konnte nur tun, was möglich war.

Ungefähr nach zwei Wochen, ich hatte mir von diesem Chef inzwischen allerlei anhören müssen, was sich hier nicht wiedergeben lässt, hörte ich plötzlich hinter mir ein Geräusch. Der Chef war eingetreten und hatte hinter sich wieder die Türe verschlossen, was er »außerhalb der Dienstzeit« häufig tat. Er forderte mich auf, mich umzudrehen, und da stand er also, ein hässlicher, kleiner, dicker und schmutziger Mann, die Hose herabgelassen. Doch mein Schreck dauerte nur kurze Zeit. Ich nahm die alte, schwere Schreibmaschine mit beiden Händen, hob sie hoch und schrie ihn an: »Entweder Sie sind in einer Sekunde verschwunden oder ich schreie, dass alle Leute zusammenlaufen.« Mit zornbebender Miene zog er sich zurück und verließ den Raum unter Verwünschungen und Drohungen, dass ich kein Geld von ihm bekäme und er sich beschweren müsse über mich, und ich sollte mich nicht unterstehen, wegzugehen. Wenige Minuten nachher hatte auch ich diese ungastliche Gegend verlassen und ging sofort aufs Arbeitsamt, um die Sache zu melden. Bald darauf hatte ich auch eine andere, sehr gute Stelle bekommen. Aber meinen Lohn habe ich nicht mehr erhalten.

# Mittagsrast

Wie beinahe an jedem sonnigen Tag gehe ich in der kurzen Mittagspause auf den länglichen Platz hinunter mit den alten schattigen Bäumen, den duftenden Blumenbeeten und den grünen Bänken. Zwar laufen auf den beiden Längsseiten des Platzes lärmerfüllte Straßen vorbei und die Autos kümmern sich nicht um Ruhesuchende, sondern stinken hier genauso intensiv und widerlich und machen den gleichen Radau wie an irgendeiner anderen Straße. Heute ist es auch ein wenig schwierig, einen Platz an der Sonne zu ergattern, denn die meisten Bänke stehen schon im Schatten der schrägen Sonnenstrahlen und nach diesem verregneten Sommer sucht gewöhnlich Jung und Alt die Sonne auf.

Mit einiger Mühe finde ich neben einem älteren Herrn und einer schwarzhaarigen Dame ein sonniges Fleckchen und setze mich mit meiner Mittagslektüre hin. Doch da geht auch schon das Gerede an. »Heute ist mir die Sonne viel zu warm, bei uns ist das Wetter doch völlig verrückt. Entweder regnet es dauernd und ist kalt oder die Sonne brennt runter«, beginnt die Dame ein Gespräch mit dem alten Herrn. »Ja, mir ergeht es ebenso, ich mag diese Hitze auch nicht. Wir wollen ein bisschen in den Schatten rücken, meinen Sie nicht auch?«, erwiderte dieser mit stark norddeutschem Akzent. Es wird in den Schatten gerutscht und der Platz neben mir, den die Sonne beglückt, wird größer. Da es eine Doppelbank ist, auf der man auf beiden Seiten sitzen kann, sitzt auf der anderen Seite, die fast ganz im Schatten liegt, noch eine alte Frau mit dicken Brillengläsern und einem freundlichen Altweibergesichtchen. Scheinbar kennt sich hier jeder. Es sind wohl alte Stammkunden dieser grünen Oase mitten in der Stadt, denn rundherum gibt es vor allem kleine, alte Wohnungen und viele arme Leute.

»Da herübm is grad recht, da is a schöner Schattn«, kommentierte sie, »i sitz mi bloß in Schattn, kommans doch zu mir rüber.« – »Ach nein«, sagt die schwarzhaarige Dame. »Ich sitz grad gut. Aber Sie könnten ein bisserl rutschen«, meinte sie zu mir gewandt. Warum ich rutschen soll, ist mir nicht ganz verständlich, denn ich sitze in der so geschmähten prallen Sonne. Aber trotzdem, ich weiche ein Stück zur Seite. »Kommens, setzen Sie sich auch daher, da ist es noch besser«, fordert sie den alten Herrn auf. Das hieß für mich, ans äußerste Ende der Bank zu wandern, und unhöflich will man ja nicht sein. – Zwei Minuten komme ich zum Lesen, dann steht die Dame auf, um sich auf die andere Seite der Bank zu setzen. Und ich muss wieder ein wenig rutschen, weil sie nicht genügend Platz hat, um an mir vorbeizukommen, denn sie braucht offenbar viel Raum um sich herum. Der alte Herr rutscht wieder in den Schatten und das Gespräch über Sonne und Schatten nimmt über die beiden Lehnen der aneinanderstehenden Bänke seinen Fortgang. Doch wieder ist der Platz der Dame nicht recht. Sie steht auf, schiebt ein kleines Kissen dicht an meine Seite und setzt sich wieder in die Sonne mit der Behauptung, nun sei es hier sehr schön kühl und gut zu sitzen. Sie fordert auch die alte Frau auf, sich neben sie zu setzen, obwohl neben ihr keine freie Stelle ist, es sei denn, die alte Frau setzt sich auf meinen Schoß. Und richtig geht es weiter wie gehabt. »Sie, Freilein, möchts mi net da herlassen, da is so schön schattig.«

Jetzt wird es mir aber doch zu dumm, ich stehe auf und setze mich auf die andere Seite der Bank resigniert in den absoluten Schatten und überlasse die Sonnenseite den Schattenfreunden. »Etza is mir des Freilein bös«, meint die Frau mit der Starbrille. »Nein, nein«, sage ich, »wenn Ihnen der Platz so gefällt, dann ist es schon recht.« Und wieder beginne ich, die Seite zum x-ten Male zu lesen – denn bei diesen beweglichen Nachbarn habe ich immer nur gelesen, ohne zu begreifen –, als mich zwei Schläge der Uhr daran erinnern, dass meine Mittagspause zu Ende ist.

# Die leere Wohnung

Heute muss ich Blumen gießen. Meine Kollegin ist in Urlaub und ich habe die Pflege ihrer wenigen Gewächse übernommen.

Ein eigenartiges Gefühl beschleicht mich, als ich die Wohnungstüre aufschließe, in ein fremdes Heim eindringe und die stille, vereinsamte Wohnung betrete. Abweisend empfangen mich die leeren Räume, beinahe wie einen Feind. Der in diesem Sommer fast ständig graue Himmel fällt durch die halb geschlossenen Rollläden in düsterem Licht auf den Teppich. Trotz der Abwesenheit der Bewohnerin scheint ein Teil ihres Selbst zurückgeblieben zu sein, wie um Wache zu halten. Ich fühle mich jedenfalls wie ein unberechtigter Eindringling, als ich in der Küche Wasser hole, um die Pflanzen zu versorgen, die alle einen abwesenden, traurigen Eindruck machen. Die Möbel sehen zurückweisend und ein wenig düster aus, so, als wollten sie ihre Ruhe haben. Und wie ein unwillkommener Gast verlasse ich möglichst schnell das Haus.

Da taucht in mir die Frage auf, wie Menschen häufig daran interessiert sind, bei ähnlichen Gelegenheiten in fremden Wohnungen durch Öffnen der Schubladen und Schränke den Versuch zu machen, in die Intimitäten und Eigenheiten oder vielleicht auch Geheimnisse der vertrauenden Abwesenden einzudringen. Werden sie nicht von den fremden Möbeln abgewiesen, unmissverständlich? Ich glaube, dass das Eigentum anderer Leute sehr wohl eine Zurückweisung sein kann. Die Ausstrahlung des Besitzers wirkt nach, auch wenn er lange Zeit abwesend ist. Fühlt man doch wohl die geheime Anwesenheit und sein Recht auf seine eigene Atmosphäre, die nicht gestört sein will. Und was ist Interessantes an solcher Schnüffelei?

Warum diese sinn- und nutzlose Neugier? Um »etwas« zu erfahren, das man weitertragen kann?

Selbst in der Wohnung unseres Nachbarn, die uns vertraut war, ging es mir ähnlich, als ich einmal während ihrer Ferien die Post aus dem Kasten nahm, um sie nach Wichtigem durchzusehen, und die Blumen goss. Die dunklen Ecken, die alten braunen Möbel, die düsteren Tapeten, alles sah mich abweisend an. Mir schien, als würde ich fragend betrachtet, und wohin ich auch blickte, mir kam es vor, als wäre ich nicht alleine, sondern irgendetwas beobachtete mich. Doch war dieses Gefühl nicht unheimlich, eher freundlich, nur sehr seltsam.

Und was ist es, das da in den Räumen zurückgeblieben ist während der Abwesenheit der Bewohner? Wie es Übertragung von Gedanken gibt ohne einen materiellen Weg, die auf weite Entfernung funktioniert, so muss auch hierfür eine geistig-seelische Komponente die Ursache sein.

# Unsere neue Kirche

Am 15.09.1956, einem Samstag, nahmen wir in einem letzten Gottesdienst Abschied von unserem alten vertrauten Kirchlein. Nicht alle Leute, die gekommen waren, hatten Raum und viele mussten leider wieder nachhause gehen, doch die Zurückgebliebenen konnten ihrer Traurigkeit nicht so recht Herr werden.

Wir beide haben nach dem Lied »Unseren Ausgang segne Gott« noch lange in dem kleinen Garten um die Kirche gestanden, den uns so lieb gewordenen achteckigen Turm betrachtet mit den alten Bäumen drum herum und dem freundlichen Mond darüber. Wie sehr man sich doch an ein Gebäude gewöhnen kann! Vor Kummer habe ich richtig weinen müssen, dass wir nun nicht mehr in diesem altvertrauten Häuschen die Predigt hören konnten. So lange hat die Kirche der Gemeinde gedient! Traurig machten wir uns auf den Heimweg, um gleich wieder umzukehren, um noch bis halb 11 Uhr vor dem lieben Kirchlein zu stehen und uns alles noch ganz fest in unser Gedächtnis einzuprägen.

Zu unserer Freude kam noch einmal Frau Bernhard, die Kirchendienerin, und ließ uns ein letztes Mal hinein, damit wir ganz alleine und in der Stille Abschied nehmen konnten. Schon war die Verlassenheit zu spüren, aber noch lag ein Hauch der vielen Menschen, die dort zusammengekommen waren, in den leeren Räumen, der Altar trug noch seinen Schmuck, die Leuchter standen noch an ihrem Platz. Nur die Wände waren auf einmal so fahl, so schmutzig. Bisher hatten wir das nie bemerkt.

Frau B. erzählte uns dann, dass an diesem Abend an der Pforte zweimal ein Stück Wand herabgefallen war und ihr in der Sakristei das Ofenrohr entgegengefallen war. Sie meinte: Lieber Gott, warte nur noch so lange, bis wir gegangen sind. Als wir dann die Kirche endgültig verlassen hatten, stand der helle Mond schon weit im Westen, der Himmel hatte sich bezogen und wir gingen betrübt heimwärts.

Am Sonntag, um 3 Uhr, stand dann eine große Menge Volk vor der neuen Kirche, um der Einweihung beizuwohnen. Eine lange Fahne flatterte vom Turm, die ganze Kirche war prächtig geschmückt mit Blumen und Girlanden und die Menge stand erwartungsvoll auf den sauberen Kieswegen zwischen den jungen und alten Bäumen und den frischen Rasenflächen. Die geladenen Gäste hatten sich zum allerletzten Mal in dem alten Kirchlein versammelt, um von dort in feierlichem Zug in die neue Kirche zu wandern. Wie mir hinterher berichtet wurde, hat sich noch eine eigenartige Sache zugetragen. Unter dem Gesang der Gemeinde löschte Herr KR Hofmann die Kerzen auf dem Altar, jeder der Geistlichen trug ein Stück aus dem Gotteshaus, einer die Kerzen, andere die Kelche, die Taufgeräte, die Paramente und vor der Tür zur Sakristei sammelte sich der Festzug. Als alle nun die Kirche verlassen hatten und nur noch Einzelne hin und herliefen, fiel plötzlich die große Kirchweihfahne, die als letzter Gruß vom Turm wehte, herab. Schaden hat niemand genommen, aber es war doch ein eigenartiger Abschiedsgruß! Unser lieber Herr Rehm, der sich so auf die neue Kirche gefreut hatte und nun nicht mehr unter uns war, wird wohl doch dabei gewesen sein!

Nachdem der Festzug sich in der neuen Kirche aufgelöst hatte, flutete die Menge mit viel Gedränge nach und es war uns nicht mehr möglich, ein Plätzchen zu erhaschen, und wir feierten im Freien mit. Wunderschön tönte die Orgel, die kleine, alte Orgel, in dem neuen großen Raum und die Musik des Orchesters klang voller und reicher als in dem kleinen Chorraum des alten Kirchleins.

In diesen beiden Tagen spürte wohl jeder die Einigkeit der Gemeinde und den Segen des neuen, größeren Gotteshauses. Die Stimme unseres Herrn KR Hofmann tönte voll und erregt durch den Lautsprecher. Auch ihm war ja der Abschied schwergefallen trotz der Freude über die schöne große Kirche. Zum ersten Mal tönte das volle Geläute vom Turm zum Vaterunser und es schien uns, als seien die Engel Gottes unter uns, als die ganze Gemeinde in- und außerhalb der Kirche laut das Vaterunser unter dem Schall der drei Glocken betete.

Gott gebe, dass viel Segen aus der neuen Kirche in die Gemeinde ströme und dass wir dieses Fest nie vergessen möchten mit all dem Guten und Schönen, das uns daraus entgegenkam.

Abends, gegen 8 Uhr, hatten wir noch einmal die ganze Blumenpracht sehen können und dabei wieder unsere neuen, schönen Glocken gehört. Zuletzt darf ich nicht vergessen, dass die Glocken des alten Kirchleins zum letzten Mal läuteten, als der Festzug von dort aufbrach, um in die neue Kirche zu ziehen.

# An der Kasse

Vor mir an der Kasse stand eine kleine Frau in etwas verkommenen Klamotten, mit fettigen, zotteligen Haaren, grau am Wirbel und mit dunkel und heller gefärbtem Haarschopf. Das ganze Persönchen war durchdrungen von Zigarettenrauch. Ihre Augen sahen leer in irgendeine weite Ferne und ein seltsames, leises Wimmern ging von ihr aus, als käme es aus ihren Kleidern.

Sie zögerte lange, ehe sie die paar eingekauften Dinge aus dem Warenkorb auf das Band an der Kasse legte, sie musste erst ein paar Mal aufgefordert werden. Ihr Blick ging leer an die Decke und unaufhörlich ertönte das dumpfe Summen. Als es ans Zahlen ging, musste sie erst wieder in die Gegenwart zurückgerufen werden. Doch es schien, als kehre nur ein Teil ihres Denkens zu ihr zurück. Die Dame an der Kasse mahnte: »Sie müssen jetzt bezahlen, die vielen Leute vor der Kasse wollen ja auch weiter. 9,20 Mark bekomme ich bitte.«

Die Frau zog unter leisem Singen ein zerfleddertes Papier aus ihrer Jackentasche und begann mit fahrigen Fingern darin herumzusuchen. Einen 10-Mark-Schein fischte sie heraus, nahm ihn in die andere Hand und suchte ihre Papierschnitzel nach Münzen ab. »So geben Sie mir doch den Schein, ich gebe Ihnen heraus«, bat die Kassiererin freundlich. Ihr Blick kehrte aus weiter Ferne zurück, sie gab den Schein der Dame an der Kasse und summte weiter vor sich hin. Zerstreut legte sie ihren Einkauf in einen Fetzen Tuch, der wohl früher einmal eine Tasche gewesen war, steckte das Wechselgeld weg und ging wie verloren zur Türe hinaus.

# Eine seltsame Mahlzeit

Heute besuchte uns Herr J., Mitarbeiter einer großen Firma, mit der wir gemeinsame Versuche durchführten. Er musste einige Zeit im Vorzimmer auf die Rückkehr des Chefs vom Mittagessen warten. Die große Hitze des Tages, die in den Büros eine dumpfe Schwüle erzeugte, gab ein willkommenes neutrales Thema ab und mühelos schloss sich ein Gespräch über den vergangenen, strengen Winter an, in dem es eine starke Kohleverknappung gab, die uns ganz schön zu schaffen machte.

Beide erinnerten wir uns noch lebhaft an die Zeit, als wir in den Städten die Kohlen in der Tüte nachhause brachten, so geringfügig waren die Zuteilungen. Häufig musste man dafür noch stundenlang anstehen.

Herr J. erinnerte dabei auch an die Lebensmittelkarten, die Gas- und Stromsperren und ähnliche Freuden und da fiel ihm eine Begebenheit ein, die ich ihn selbst erzählen lassen will:

Ich war damals viel unterwegs und durch das häufige Auswärtsessen hatte ich oft große Mühe, mit den Lebensmittelmarken auszukommen. Auf einer dieser Reisen ins schwäbische Ländle war es sehr spät geworden und ich suchte in der hereinbrechenden Nacht nach einem Gasthaus, um meinem knurrenden Magen eine warme Mahlzeit zu gönnen, übrigens die erste an diesem Tag, denn mein mitgeführter Mundvorrat war sehr zusammengeschmolzen.

Es war vollkommen dunkel geworden und ich hielt meinen Wagen vor einem, wie mir schien, bescheidenen Landgasthof an. Alle Fenster waren dunkel, es herrschte offensichtlich wieder einmal Stromsperre und nur mit Mühe konnte ich in dem dunklen Flur, nachdem ich mich ein paar Mal angerannt hatte, die Türe zu einer Art Gaststube ertasten, hinter der ich dumpfes Stimmengeräusch hörte. Auf einem Tisch brannten vereinzelt Kerzen, die sich vergeblich bemühten, etwas Helligkeit in die doch ziemlich große Stube zu bringen. Langsam gewöhnten sich meine Augen an das Dämmerlicht und ich stellte fest, dass hier eine Menge Leute um lange Holztische saßen, und konnte zunächst kein freies Plätzchen entdecken. Alles wirkte irgendwie unheimlich, es wurde nur gedämpft gesprochen und ich konnte weder Teller noch irgendetwas Essbares ausmachen, nur Bier stand in Gläsern auf den Tischen.

Als ich so unschlüssig herumstand und schon überlegte, ob ich nicht besser hier verschwinden würde, zupfte mich ein junger Mann am Rock, zeigte auf einen freien Stuhl und forderte mich leise auf: »Hock di na.« Mit gemischten Gefühlen nahm ich Platz und nach kurzer Zeit tauchten einige Gestalten auf mit Tellern, Bestecken und sehr angenehm duftenden Schüsseln und Platten. Beim aufmerksamen Hinsehen beobachtete ich einige junge Mädchen, die die ganze Gesellschaft bedienten.

Zunächst erhielt ich nichts, es handelte sich offenbar um eine private Gesellschaft, in die ich da hineingeraten war. Doch mein freundlicher Nachbar zupfte auch ein Mädchen am Kleid und flüsterte mit einem Wink auf mich: »Dem do a.« So blieb ich still sitzen, machte mich ganz klein und aß einfach schön brav mit. Im Stillen dachte ich bei den guten Portionen mit Schreck an meinen kümmerlichen Essensmarkenvorrat, aber geschmeckt hat es mir ausgezeichnet.

Urplötzlich war die Stromsperre zu Ende und helles Licht blendete meine Augen. Was ich sah, jagte mir einen neuen Schrecken ein: Ich war von lauter schwarz gekleideten Leuten umgeben, also offensichtlich in einen Leichenschmaus geraten.

Im ersten Moment wollte ich eilends verschwinden, möglichst unauffällig, bevor man allgemein auf mich aufmerksam wurde. Mein Nachbar, dem meine Verlegenheit nicht entgangen war, erklärte mir, dass die Bauern alle beigesteuert hätten zu einem feierlichen Mahl, denn der Verstorbene wäre sehr beliebt gewesen. Da käme es wirklich auf einen Esser mehr oder weniger nicht an.

Selten habe ich in dieser kargen Zeit so vorzüglich gegessen, aber nie mehr in einer so seltsamen Gesellschaft.

# Tierfreunde unter sich

Wo ein kleiner Weg die Nachbargärten voneinander trennt, fliegt krachend ein Stein gegen den Zaun und eine buschige Katze saust wie der Blitz über die Gartentüre.

Die Nachbarin, die das vom Fenster aus beobachtet hat, fängt an zu schimpfen: »He, Sie, Herr Nachber, wos soin des sei, ha? Des is fei mei Katz, mei Muschi, dera brauchas koane Stoana nachwerfa. Di tuat neamd nix! – Des is doch allerhand, so a arms Viecherl!« – »Na, die tuat gar nix, bloß meine kloan Vogerl fangts zam, dass bald weit und breit koan Singvogel nimma gibt!« – »Wos, mei Muschi sollat Vögl fanga? Gengans zua, des glaums ja selba net! Mei Muschi fangt nia koane Vögl net, des merkas Eana.« – »I habs ja gestern selba gseng, wias a Amsl gfressn hat! Bloß dawischt hab is net, des Mistviech! Und Sie wissn ganz genau, dass Eana Katz net laffa lassn derfa, bal d'Vogerl brüatn.« – »Ja, was Sie net ois wissn! Sollat i vielleicht mei brave Muschi wega Eanane blödn Vögl eisperrn, dass ma krank werd? Bloß weil Sie Eana einbuidn, dass Vögl fanga dad? Sie ham scho gar koa Tierliebe net, des sog i Eana. Un außerdem wer i zum Tierschutzverein geh und Eana ozoang wega dera Stoanaschmeißerei.« »Und i wega de Vögl – nacha wern mas scho seng.« – »Ja, nacha wern mas seng, wer recht kriagt. Auf alle Fäll lass i mei Muschi net massagriern.« – »Do schaungs nur hi, de Amsl hat scho gar koan Schwanz nimma, weiln ihra de Katz ausgrissn hat, des goldige Mistviech! Was de arma Vogerl aushalten müassn, des is Eana ja wurscht!«

Inzwischen hat sich noch eine Katzenbesitzerin eingefunden. »Gengas zua, was's allaweil mit dene Vögl habts! De fressn bloß unsere Beern zamm und picka de Sama aus der Erdn. Und außerdem fliagt ja a so a Vogl fort, wann er a Katz sicht. Und die arme Katz ko ja gar net fliang, wia solls nacha an Vogl dawischn! An oim wärn allaweil unsere bravn Katzerl schuld.«

Aus einem anderen Garten erschallt eine neue Stimme: »Und da Katzndreck in mein Gartn, den i alle Tag in der Frua eigram muass, weil i sonst nimma nauskann, aso stinkts? Der is sicher a net von Eanana Katz, vielleicht von mein Wellensittich?« – »Ja mei«, meldet sich die erste Stimme wieder, »de arma Viecherl müassn hoit a, genau wia Sie.« – »Aba net grad in mein Gartn. De kenna dees a bei Eana erledinga – so a Sauerei duld i einfach nimma.« – »Sooo, ja da schaug her, da warn Sie vielleicht der gemeine Mensch, der wo mei Muschi mit Wasser ogspritzt hat? Wo's boid krank worn wär! Is ja nur guat, dass i's woaß. Etza wer i aufpassn und wenn i Eana wieda amal dawisch, nacha werns wos dalebn!«

So geht der Streit im schönsten Sonnenschein eine Weile weiter. Auch ein Hundebesitzer mischt sich ein, dem alle Katzen ein Dorn im Auge sind, und bei jedem konzentriert sich die Tierliebe ausschließlich auf seinen eigenen Liebling. Ob die anderen »Mistviecher« dabei leiden oder draufgehen, ist nicht so wichtig.

Plötzlich schrillt eine laute Stimme über die Zäune: »Jessas na, etza is ma mei Hendl obrennt!« – Und in jähem Schreck flitzen die streitbaren Hausfrauen an ihren Herd, um möglicherweise ein ähnliches Unheil noch rechtzeitig abzuwenden.

# Das Geisterhaus

Wir waren beide noch im romantischen Alter ... Lotte schwärmte für die »Träumerei« von Schumann, für den jungen, blonden Vikar aus dem Konfirmandenunterricht und für ihren Klavierlehrer. Was sie an dem fand, habe ich nie begriffen. Er war auch mein Klavierlehrer.

Während der Stunde schrieb er Karten, feilte an seinen gepflegten Fingernägeln, rauchte unheimliche Mengen von Zigaretten, sehr zum Ärger meiner Mama, und rechnete mein Todesdatum aus, weil er sich nebenbei mit Astrologie beschäftigte. Er hatte mir den wohlgemeinten Rat gegeben, mein Leben zu genießen und auszunützen, weil es wohl kaum länger als 30 Jahre dauern würde.

Lotte und ich waren dicke Freundinnen und besuchten uns häufig. Dabei wurde über Dichter und Musiker gesprochen, die uns mehr oder weniger gefielen, ihre Erzeugnisse und wunderbaren Talente. Es kamen auch übersinnliche Dinge vor, für die wir beide ein außerordentliches Interesse hatten, und wir spielten mit Begeisterung vierhändig.

Lottes Mutter nahm häufig an unseren Unterhaltungen teil. Sie konnte sehr anregend über vergangene Zeiten berichten, war sehr gebildet und hatte in ihrer Jugend vielerlei erlebt, das mich mit Staunen und Bewunderung erfüllte.

Bei einer Unterhaltung über Geistererscheinungen und Vorausahnungen äußerte ich meinen Unglauben an Geister und ähnliche Phänomene, denn meiner sehr christlichen Mama waren all diese Dinge ein »Gräuel«

und zutiefst unheimlich, obwohl sie selbst in ihrer Kindheit damit in Berührung gekommen war.

Lottes Mama wies mich ein wenig schroff zurecht und meinte: »Ich habe es selbst erlebt, dass es seltsame Dinge gibt, die wir uns nicht erklären können, und Wesen, die sich mit uns in Verbindung setzen können.« Natürlich war ich begierig, mehr zu erfahren, und bat sie, wenn sie wolle, mir doch eine derartige Begebenheit zu berichten.

Und so erzählte sie mir folgende Geschichte und ich weiß, dass sie wahr ist.

Als ich noch ein kleines Mädchen war, wohnten wir, eine große Familie, außerhalb einer kleinen Stadt in einem ehemaligen Pfarrhaus, das vor unserem Einzug lange leer gestanden hatte. Es war sehr weiträumig gebaut, besaß hohe Zimmer, mit großen Fenstern und einem breiten Treppenaufgang, der sich vorzüglich zum Toben und Spielen eignete. Umgeben war das Haus von einem herrlichen, ausgedehnten, wild verwachsenen Garten mit Rosen, Büschen, Obstbäumen und langen Beeten, in denen das Gemüse für die große Familie gezogen wurde. Einige lange Ranken hatten die Mauer am Haus erklettert und reichten ihre Triebe zu den Fenstern hinein. Auch herrliche, große, dicke und alte Bäume gab es, die bei schweren Stürmen ächzten und knarrten.

Das ganze Anwesen war umgeben von Feldern und herrlichen bunten Wiesen und in wenigen Minuten konnten wir zum Wald laufen, in dem es Himbeeren, Brombeeren und allerlei Pilze gab.

In der Wohnung, deren Wände mit Ornamenten geschmückt waren, lagen überall, auf Fluren und Treppen, rote, schon etwas abgenutzte Läufer. Prächtig waren die Türen geschnitzt und die vielen heimlichen Winkel und Ecken ergaben für uns Kinder ideale Spiel- und Versteckmöglichkeiten. Wir fühlten uns alle sehr wohl in dem alten Gemäuer und rätselten zuweilen, welche Leute wohl hier schon einmal gelebt hatten.

Doch eines Tages fing es plötzlich an, unheimlich zu werden. Zuerst meldete sich das Unwesen nur selten. Die Türen gingen von selbst auf, manche Bilder hingen am Morgen etwas schief und draußen auf der Treppe hörten wir allerlei seltsame Geräusche und leise Musiktöne.

Aber so richtig angefangen hatte die unheimliche Geschichte eines Nachts. Wir erwachten von einem Gepolter auf der Treppe und unsere Mutter lief auf den Flur hinaus in dem Glauben, dass eines ihrer Kinder herumgeisterte oder die Katze Unfug angestiftet hätte. Aber die Kinder lagen brav in ihren Bettchen und von der Katze war nichts zu sehen.

Einige Zeit später hörten wir wieder einen eigenartigen Lärm, den wir uns nicht weiter erklären konnten, der aber sofort aufhörte, wenn jemand aufstand, um nachzusehen. Da meine Eltern annahmen, dass es sich wohl doch um nächtliche Ausflüge irgendwelcher Tiere, die im Schuppen oder auf dem Speicher hausten, handeln könnte, ließen sie die Sache auf sich beruhen. Wir neigten nicht zu Furcht und Ängsten und gaben uns damit zufrieden. Meine Eltern waren durch ihre zuversichtliche Frömmigkeit auch gegenüber unbekannten Dingen furchtlos und so kannten auch wir Kinder keine Angst.

Doch allmählich wurden der Lärm und die Unruhe immer ärger und alle Nachforschungen nach der Ursache blieben erfolglos. Vater hatte sich nachts auf die Lauer gelegt und hörte auch etwas rumoren, aber sobald er Licht machte, war alles wieder still. Nur der kleinsten Schwester fing es an unheimlich zu werden und sie begann immer wieder zu weinen und wollte sich nicht trösten lassen. So überkam uns langsam ein eigenartiges Grauen bei diesem seltsamen Treiben und wir wollten nicht mehr in unserem Zimmer bleiben und lieber bei den Eltern schlafen. Und die Ängste wurden immer schlimmer.

Inzwischen fing der Spuk an, uns auch tagsüber zu belästigen. Die Stühle waren in der Nacht von ihren Plätzen fortgewandert, die Sessel umgekippt und aus der Küche ertönte manchmal ein Klappern und Klirren, als würden alle Töpfe und Schüsseln zerschlagen. Sobald man aber aufstand, um nachzusehen, war es sofort still. So räumten wir geduldig die Wohnung wieder auf und die kaputten Dinge beiseite. Und es wurde ärger und ärger.

Der Läufer auf der Treppe rollte sich zusammen vor unseren Augen, Bilder fielen von den Wänden, man hörte Getrappel, Schleifgeräusche, als würden Tücher über den Boden gezogen, Zischen, Knarren der Dielen – kurz, die Sache konnte so nicht mehr bleiben.

Vater hatte sich gelegentlich in der Nähe nach einem anderen Haus umgesehen, und wir alle hofften, möglichst bald von hier wegzukommen, denn es war nicht mehr auszuhalten. Endlich fand sich ein neues Domizil und der Umzug sollte in Kürze stattfinden. Seltsamerweise hörten von diesem Tage an alle Ungelegenheiten auf. Nur sehr ungern verließen wir unser liebgewordenes Heim, doch wir waren uns einig, dass alles wieder beginnen würde, wenn wir blieben. Die Eltern fragten sich nun doch, was das alles zu bedeuten habe. Und unsere Mutter hatte uns gesagt, sie glaube, es sei eine Botschaft, auf die wir hören sollten.

So zogen wir denn aus – und nur wenige Tage nachher stürzte das alte Haus an einer Seite in sich zusammen. Es stellte sich heraus, dass das Fundament abgesunken war, weil das Haus auf einem ehemaligen Friedhof erbaut war. Hatten uns die Geister der Toten gerettet?

# Ein guter Beamter

Friedrich wollte nie etwas anderes werden als Beamter. Da hat man sein ruhiges Leben, sein Auskommen, seinen festen Arbeitsplatz und seine Pension, pflegte er zu argumentieren, wenn ihm irgendjemand einen anderen Rat gab und das Leben eines Beamten als langweilig und stupide schilderte. Und Friedrich wurde Beamter. Wie so viele.

Er saß Tag für Tag hinter seinem Schalter, händigte den Leuten Fragebogen aus, verwies sie an andere Stellen und kümmerte sich nicht weiter darum, was aus den einzelnen Schicksalen wurde. Wozu auch, es ging eben jedem anders, dem einen gut, dem anderen schlecht. Und wenn Leute kamen, die keine Pension hatten im Alter und sich mühsam durch die letzten Jahre ihres Lebens schleppten, so stellte er bei sich nur zufrieden fest, dass ihm das nicht passieren könne. So lebte er Jahr um Jahr, las in seiner Freizeit, ging spazieren und freute sich, dass er Beamter war.

So fiel ihm eines Tages eine Geschichte in die Hände, in der ein Beamter eine arme Witwe, der er mit nicht allzu viel Mühe hätte helfen können, an eine andere Stelle verwies, weil er auch das sehr gut mit seinem Beamtengewissen vereinbaren konnte. Denn wo sollte der Mensch hinkommen, wenn er sich um jeden Menschen kümmern wollte. Sollte doch jeder selbst zusehen. Die arme Frau wurde immer wieder weitergeschickt und schleppte sich von einem Amt zum anderen, ohne auch nur das Geringste zu erreichen. Sie füllte Formulare und Fragebogen aus, sie weinte und bat, aber immer wurde ihr gesagt: »Gehen Sie da und da hin, da wird man Ihnen helfen.« Zuletzt hatte sie eine mitleidige Seele aufgetrieben, die sich für sie verwendete, nur dass sie schon so krank und müde war, dass sie in kurzer Zeit starb und nichts mehr von den Vergünstigungen hatte, die ihr doch von Anfang an zugestanden hätten, wenn nur gleich der rechte Mensch hinter dem rechten Schalter gesessen hätte. So rührend war dieses Geschick geschildert, dass Friedrich die Tränen kamen und er sich plötzlich seiner Macht bewusst wurde. »Was«, dachte er, »so viel könnten wir tun, wenn wir uns nur ein wenig Mühe geben wollten, und so wenig Nutzen bringen wir durch unsere Gleichgültigkeit. Das soll aber anders werden. Ich will auch mal sehen, dass ich den Menschen, die mich brauchen, wirklich helfe.« Irgendwie war ihm seine Arbeit unsinnig erschienen, wenn er bedachte, dass er ja auch etwas bewirken konnte, dass sich die Menschen da draußen vielleicht wirklich freuen würden – so unwichtig ihm das bisher schien. Komisch, dass ihm dieser Gedanke bisher gar nicht gekommen war. Er hatte sich damit zufriedengegeben, an seinem Platz zu sitzen und Formulare abzugeben und die Leute nach Möglichkeit wegzuschicken. Das sollte nun anders werden.

Nach wenigen Tagen bereits stand eine junge Mutter vor ihm, die sich mühsam mit ihren beiden kleinen Kindern durchs Leben schlug, weil ihr Mann wahrscheinlich nicht mehr am Leben war. Da sie jedoch keine Bescheinigung für seinen Tod hatte, bekam sie keinen roten Heller und sollte auch noch die kleine Wohnung räumen, da sie nicht mehr in der Lage war, die Miete aufzubringen. Friedrich gab ihr zunächst einen Fragebogen und half ihr, ihn richtig auszufüllen. Es gab aber auch noch eine Möglichkeit – sogar mehrere –, den Tod des armen Menschen nachzuweisen, man musste nur die richtigen Wege wissen. Als die junge Frau anderntags wiederkam und ihm berichtete, dass sie bei seinem Kollegen nur ein Achselzucken als Trost erhalten hatte, nahm Friedrich die Angelegenheit in die Hand. Er blätterte in seinen Vorschriften, suchte nach den vorteilhaftesten Argumenten, las in vielen Gesetzbüchern nach und verbrachte den größten Teil seines Arbeitstages mit Nachforschungen und Telefonaten. Aber er war auch ein Stückchen weitergekommen und tröstete sich am Abend damit, als er seinen Stoß unerledigter Sachen in seinen Schreibtisch einschloss. Auch der nächste Tag nahm ihn voll in

Anspruch in dieser Angelegenheit und so ging es eine Weile weiter. Seine liegengebliebenen Papiere wuchsen zu einem großen Haufen an und jeden Tag dachte er: »Morgen werde ich sicher mehr Zeit dafür haben. Ich will diese verdammte Sache schon in den Griff kriegen.«

Sein Vorgesetzter hatte schon bemerkt, dass Friedrich viel weniger fertige Arbeiten ablieferte als vorher. Er hatte nur deshalb noch nichts gesagt, weil er bei sich dachte, dass das wohl jedem einmal passieren könne. »Vielleicht ist er nicht ganz gesund oder hat Kummer, wir wollen noch etwas zuwarten«, sagte er sich.

Aber Vorgesetzte haben auch wieder Vorgesetzte und müssen ihre Arbeiten rechtzeitig erledigen, wenigstens diejenigen, die die eigene Behörde betreffen. Die Fragebogen und dieser Papierkram bleiben ja meist auf allen Ämtern längere Zeit liegen und das weiß auch jeder, darüber zerbricht man sich nicht weiter den Kopf. Kurz, Friedrich bekam am nächsten Tag eine kleine, spitze Frage zu hören. Seine Rechtfertigung, dass ihn ein Fall so stark in Anspruch genommen habe, wurde nicht als Grund angesehen, seine Pflichten zu vernachlässigen, die er seiner Dienststelle gegenüber habe.

Da setzte er sich müde und betrübt beinahe eine ganze Nacht hin, um die Rückstände aufzuarbeiten. »Wie soll ich bloß mit dem verdammten Kram fertig werden? Da sitze ich ja noch viele Nächte und schlafen muss der Mensch auch«, sagte er sich. Er wurde nervös, machte seine Sache immer schlechter und hatte nur noch die Anliegen der jungen Frau im Kopf, mit denen er doch schon so schön vorangekommen war.

Doch er war es nicht gewohnt, sich derart anzustrengen, und wurde vor Kummer richtig krank, der Kopf tat ihm weh, das Essen schmeckte nicht mehr, er war einfach zu nichts mehr richtig zu gebrauchen. Er überlegte hin und her, was er denn nun tun könne, als ihm sein Chef eines Tages sagte: »Sie können sich doch nicht für jeden Bittsteller so engagieren, das bringt nichts und Sie selbst werden krank und können Ihre Aufgabe nicht mehr erfüllen. Es gibt so viele Menschen, die unsere Hilfe brauchen, da können Sie sich nicht für eine Einzelne verrückt machen.«

Doch Friedrich geht die Frau nicht aus dem Kopf. Er bringt ihr Blumen zum Geburtstag und versucht weiter, ihr Problem zu lösen. Der Frau ist es nicht entgangen, wie sehr sich Friedrich für sie einsetzt. Voll Mitleid versucht sie, ihn zu trösten, und bemüht sich sehr, noch Unterlagen beizubringen. Und aus kleinen Zetteln und Papieren findet sie die Adresse eines ehemaligen Kameraden ihres Mannes, der die noch so nötigen Einzelheiten beisteuern kann. Überglücklich kommt sie mit diesen Details in das Amt und tatsächlich, jetzt klappt die Sache, sie bekommt ihr Recht und freut sich ungeheuer, dass sie endlich diese schreckliche Sorge los ist.

Für Friedrich fängt buchstäblich ein neues Leben an, als diese Belastung von ihm abfällt. Alle seine anderen Arbeiten gehen ihm so schnell wie noch nie von der Hand.

Er nimmt die Sorgen seiner Bittsteller sehr ernst und hat gelernt, was man alles unternehmen kann, um eine Sache voranzubringen. Vielen Menschen hat er so zu ihrem Recht verholfen und mehr und mehr wird er als der fähigste Beamte in dieser Abteilung bekannt. Das große Vertrauen, das ihm entgegengebracht wird, stärkt sein Selbstbewusstsein und seine Arbeitskraft, er lebt von Tag zu Tag mehr auf und hat auch viel Freude an seinem Beruf.

Da besucht ihn eines Tages die Frau, deren Fall ihn so beschäftigt hat, dass er sein ganzes Leben änderte. Sie wollte sich noch einmal bedanken für die viele Mühe, die er mit ihr hatte, und ihm sagen, wie unendlich froh und glücklich sie ist. Die beiden sehen sich an und fangen an zu lachen: »Wie seltsam doch das Leben geht! Nun sind wir beide so ganz andere Menschen geworden. Ist das nicht seltsam?«, meinte die Frau. Friedrich strahlte sie an und freute sich. Sie trafen sich wieder und wieder, gingen zusammen spazieren und fanden, dass sie eigentlich am liebsten immer beisammen sein wollten, und das taten sie dann auch.

# Ein frommer Mann

Wie ein Alb lag er auf unserer Familie. Er gehörte unweigerlich zu unserem Leben und war auch dann gegenwärtig, wenn wir ihn nicht in der Nähe wussten, denn sein oberstes Gesetz bestand darin, von uns allen »Gehorsam« zu fordern, und einer seiner Sprüche ging so: »Jede Strafe hat ihren Sinn, auch wenn sie zu unrecht verhängt wurde, denn Gott straft, um uns zum Gehorsam zu erziehen.« Und er freute sich sichtlich, wenn er hörte, dass irgendjemand bestraft wurde. Da er sehr fromm, d. h. ein ausgemachter Pharisäer war, sah er sich auch gerne als Vollstrecker von Gottes Zorn.

Seine Erscheinung war eher unauffällig, er war klein, kleidete sich dezent dunkel, hatte einen diabolisch hässlichen Spitzbart und einen zwingenden, stechenden Blick, vor dem ich mich sehr fürchtete. Auch betrachtete er sich als Gottes besonderen Liebling, der als aufmerksamer Jünger immer um sich blickte, ob nicht irgendein Ungehorsam zu entdecken und zu bestrafen wäre.

Mein gutmütiger Vater war sein Patenkind und musste ihn, obwohl er ihn zwar duzen durfte, mit »Herr Pat« anreden. Ursprünglich wollte Papusch Maler werden. Er zeichnete zeitlebens mit großer Begeisterung und sehr schön (zu meinem großen Bedauern sind seine Skizzenbücher verloren gegangen). Als sich jedoch herausstellte, dass er farbenblind war, wurde beschlossen, dass er Bildhauer werden sollte, wobei ihm sein Patenonkel, der »Herr Pat«, die Stelle als Modellbildhauer an einem Museum verschaffen konnte. Und hieraus leitete nun dieser so fromme Mann eine auf Lebenszeit bemessene Dankbarkeitspflicht meines Vaters ab, auf deren Einhaltung er strengstens achtete und die er weidlich ausnutzte.

In München besaß der Onkel ein Mietshaus, in dem er eine geräumige Wohnung innehatte, deren hohe, große Fenster mit dunklen Samtgardinen behangen waren, was einen düsteren Eindruck auslöste, bedrückend und für mich sogar angsterregend. Dunkle Tapeten und fast schwarze, schwere Möbel sorgten für den nötigen Respekt, den man dem Inhaber entgegenzubringen hatte. Ein mächtiger Kachelofen stand drohend in diesem Zimmer. Irgendwie löste alles ein beängstigendes Gefühl aus.

Im langen schmalen Flur stand eine große Glasvitrine, die hochinteressante Schätze enthielt, wie vergoldetes Geschirr, alte, seltsam geformte und leuchtende Gläser und prächtige Sammeltassen aus verschiedenen Stilepochen. Dieser Glasschrank war stets sorgfältig verschlossen. Wenn ich einmal »sehr brav« gewesen war (d. h. dem grässlichen Onkel einen Kuss gegeben hatte), wurde aufgeschlossen und das eine oder andere Stück zum Ansehen herausgenommen.

Das geräumige Wohnzimmer, das auch als Versammlungsraum für »Brüder und Schwestern« zu Andachten diente, wurde von einem langen Tisch beherrscht, den viele hochlehnige Holzstühle umstanden. Zur Verschönerung dieser Betstunden gab es ein Harmonium und ein mit grünem Samt bezogenes Sofa, dessen Rückenlehne weiße Spitzendeckchen zierten, und am vorderen Ende der Seitenlehnen ragten Löwenköpfe hervor. Den unteren Abschluss bildete eine Troddelbordüre.

In diesem Wohnzimmer standen alte, dunkle, teilweise mit Schnitzerei verzierte Schränke, Truhen und Kommoden, kleine Tischchen und Sessel. Gegenstände, die der Bequemlichkeit dienen konnten, waren verpönt, denn sie »verleiteten zur Trägheit« und waren dem »Herrn« daher nicht wohlgefällig.

Für meine Eltern, und natürlich auch für mich, war es Pflicht, an den in gewissen Abständen stattfindenden Versammlungen, Gebetsstunden oder Andachten teilzunehmen. Stets tauchten bei dieser Gelegenheit

»Schwestern« mit kleinen weißen Häubchen auf und einige wenige ältere »Brüder«. Man nahm Platz am großen Tisch und das Zeremoniell konnte beginnen. Zuerst sprach der Onkel ein schrecklich langes Gebet, an das sich die Lesung eines Bibelabschnittes reihte. Anschließend wurde über die »heiligen Worte« gesprochen, d. h., der fromme Onkel interpretierte sie nach seinen strengen patriarchalischen Grundsätzen und die äußerst seltenen Ansichten anderer Art, auch wenn sie noch so bescheiden vorgebracht wurden, wies der so fromme Mann meist mit schlecht unterdrücktem Zorn ab. Anschließend folgte der Abgesang mehrerer Choräle mit Harmoniumbegleitung, die mir – nach entsprechenden Fortschritten der Klavierstunden – oblag.

Dann endlich wurde der Tisch gedeckt. Die weiblichen Anwesenden unterstützten das Dienstmädchen, und es gab Kaffee und Kuchen. Unter Kaffee verstand der Onkel Malzkaffee und der Kuchen musste unbedingt ganz trocken sein, um keinen »sündigen Genuss« aufkommen zu lassen. Hie und da kamen schüchterne Unterhaltungsversuche vor, selbstverständlich nur im Flüsterton, um die geheiligte Stille nicht allzu sehr zu stören. Selbst das Klappern von Geschirr oder Löffeln wurde nach Möglichkeit vermieden. Dann nahm die Bibelstunde weiter ihren Lauf, bis nach einem sehr ausführlichen Schlussgebet, zu dem ein »Bruder« oder eine »Schwester« vom Onkel bestimmt wurde, sich die Versammlung auflöste.

Im Laufe der Jahre reichte das Wohnzimmer in Onkels Wohnung nicht mehr aus und es wurde in der Nähe ein großer Saal für zweimal wöchentlich stattfindende Versammlungen angemietet, selbstverständlich auf Kosten des reichen Onkels , der alles tun wollte, um »dem Herrn gefällig« zu sein. Eine liebe alte Dame hielt in diesem großen Raum ca. alle drei bis vier Wochen eine Kinderstunde ab, in der Geschichten über fromme Leute, in denen stets gute Lehren versteckt waren, erzählt oder vorgelesen wurden. Im Gegensatz zu den Veranstaltungen, die von dem Onkel geleitet wurden, konnte man sich auf diese Kinderstunde freuen, alles war so lieb und freundlich.

Und der Onkel fuhr die kurze Strecke von seiner Wohnung zum Versammlungsort immer mit dem Rad und das stellte er außen am Haus an die Wand und sagte leise für sich: »Lieber Gott, pass auf.« Und eines Tages hatte der liebe Gott vergessen aufzupassen und das Radl war gestohlen. Wir haben es nicht von ihm selbst erfahren, vermutlich von einem schadenfrohen Menschen – ich weiß es nicht mehr. Aber dass wir uns unheimlich gefreut haben und lange Zeit darüber lachen konnten, das weiß ich noch!

Früher einmal, als ich noch sehr klein war, gab es auch eine gute und sehr herzliche Tante. Einzelheiten aus dieser Zeit hat mein Gedächtnis nicht gespeichert bis auf einen Tag, an dem ich die im Bett liegende Tante nur noch ansehen konnte, aber auf meine Rede keine Antwort mehr erhielt. Sie war ihrer Zuckerkrankheit erlegen und des Onkels Kommentar ging in etwa dahin, dass es für mich sehr nützlich sei, zu erkennen, dass ich einst sterben müsse. Besonders aufgefallen ist mir allerdings schon damals, dass er selbst nicht im Geringsten traurig war. Er tat sehr geschäftig und war oft in der Küche bei dem jungen, frischen Dienstmädchen.

Oben auf dem Küchenschrank stand ein kleiner Vogelkäfig, der einen Star namens Peterle beherbergte. Der Onkel hatte ihm allerlei Worte, wie »Grüß Gott«, »sei brav« usw., beigebracht, die er pausenlos wiederholte, wenn sein Herr vor ihm stand. Singen konnte er auch und interessierte mich ungeheuer. Bei dieser Gelegenheit fiel mir eine weitere eigenartige Eigenschaft des Onkels auf: Er konnte es nicht leiden, wenn man sich intensiv mit etwas anderem als seiner so wichtigen Person beschäftigte. Ob ich mit der von mir sehr geliebten Tante plauderte oder mit Peterle plapperte, stets wurde Derartiges sofort unterbrochen: Die Tante sollte nicht bei der Arbeit gestört, der Vogel nicht verwöhnt werden. Wichtig waren allein er selbst und seine pausenlosen Belehrungen.

Immer und überall wurde uns seine Rechtschaffenheit präsentiert. Lediglich bei dem Dienstmädchen wurde eine Ausnahme gemacht, hier gab es absolut keinen Tadel, denn »es ist noch zu jung, um schon seine Reife zu haben«. Es durfte auch ungestraft widersprechen. Dass ich wesentlich jünger war und eigentlich auch ein Anrecht auf »Unreife« gehabt hätte, ist ihm anscheinend nicht aufgefallen.

Mit seinem durchbohrenden Blick und seinem widerlichen Spitzbart fühlte sich der Onkel auf Grund seiner pharisäischen Frömmigkeit stets und bei allen Gelegenheiten im Recht und leitete daraus seine despotische Einstellung zu uns armen Sündern ab.

Mein Papusch war ihm ja »zeitlebens zu Dank verpflichtet« und bei meinem Vater war das auch wegen seiner großen Gutmütigkeit und Hilfsbereitschaft möglich. Sicher hat ihm auch das Dienstmädchen gefallen. Es war nicht so streng und selbstsicher wie Mamatschi. Was auch immer bei dem Onkel zu erledigen war, wie Zimmer streichen, den Heimgarten betreuen, Handlangerdienste bei dem Dienstmädchen – stets musste Papusch zur Stelle sein. Übrigens sehr zum Verdruss von Mamatschi, die sich mächtig ärgerte, dass Papusch für zuhause keine Zeit hatte, und die außerdem furchtbar eifersüchtig war, was sie aber auf keinen Fall zugeben wollte.

Soviel ich hörte, hatte dieser fromme Mann auch einen Sohn, der wegen »Ungehorsam« von ihm verstoßen worden war, zum großen Kummer der lieben Tante. Aber sie hatte keinerlei Einfluss auf ihn, sie hatte folgsam zu sein. Er allein wusste, was recht war. Von diesem »Verkommenen« durfte nicht gesprochen werden, nicht einmal sein Name, den ich nicht wusste, durfte erwähnt werden. Niemand konnte mir später sagen, was aus ihm geworden war. Vermutlich hatte ihn die Selbstgerechtigkeit seines pharisäischen Erzeugers in die Ferne, vielleicht auch ins Elend getrieben.

Zu guter Letzt muss ich noch berichten, dass der »Herr Pat« seinem Patenkind, meinem Papusch, versprochen hatte, ihn bei der Erbschaft reichlich zu bedenken – sicher, um ihn weiter zu Hilfsleistungen anzuspornen.

Als er dann eines Tages dieses »Jammertal« verlassen hat, bekam das gesamte große Vermögen Frieda, sein langjähriges Dienstmädchen, »denn sie hatte ihm ihre Jugend geopfert«, wie es im Testament hieß. Papuschs Kommentar hierzu lautete: »Tue niemand etwas Gutes, dann widerfährt dir nichts Böses.«

Obwohl ich erst ca. acht Jahre alt war, habe ich mich damals über diesen schrecklichen Onkel, der Papusch so hintergangen hatte, furchtbar geärgert und in mir hat sich eine tiefe Abneigung gegen so sehr fromme Leute entwickelt, die mir auch für alle Zeiten geblieben ist.

# Jakob

Alle vier saßen sie friedlich an der Theke, um gemeinsam ihr Feierabendbier zu trinken. Nebenan hatte eine ältere Frau Platz genommen und trank ebenfalls ihr Seidel Bier. Sie ließ alle Muskeln ihres Gesichtes hängen, alles schien ihr zuwider zu sein und Jakob dachte sich, sie hätte sicher Ärger oder Kummer.

Wie es nun so kommt, mit der Anzahl der Gläser stieg auch die Unzufriedenheit in ihren Gedanken nach oben und sehnte sich danach, Dampf abzulassen. So entspann sich folgende Diskussion:

Die ältere Frau zog sich immer näher an die Arbeiter heran und plötzlich redete sie Jakob direkt an: »Ja, wia denn, etza hab i Sie so lang nimma gseng, aba do glei wieda kennt. Und etza treff i Sie da herin. Ja, was war denn mit Eana?«

»No a bisserl krank war i halt, des Kreiz verrissn, sagt da Dokta, und etza bin i scho vier Wocha beim Auskuriern.«

»Ja, da werd Eana Chef froh sei, wanns wieda da san, denk i mir.«

»No ja, des scho und in zwei Wocha wer i scho wieda gsund sei. Is halt lang, wenn ma sechs Wocha von der Arbat fehlt.«

»Des macht gar nix«, schrillte da eine andere Stimme ein bisserl boshaft. »Scho gar nix, der is doch so reich, der ko des scho verkraftn, moan i. Schad ihm nix, der hat doch so vui Geld!«

»Kanns a net mitnehma«, meinte Jakob drauf.

»Ja, aba der hat doch acht Heiser, acht große Heiser, denkans Eana doch, wia reich der is.«

»Aba mitnehma kann ers halt net.«

»Hot ja a Söhn, dö des amal erm wern, de wern froh sei. A wenn ers selber net mitnehma ko, so hams doch nacha de.«

»Ja mei, mir is des gleich, wos der hat oder net, des is für mi gar net interessand, weil i deshalb net mehra und net weniger hob«, meinte der Jakob. Aber das passte ihr nun gar nicht.

»Werns as seng, de Buam bringa des alles durch, wia dö junga Leit halt so san. Sobald der die Augn zuamacht, werds losgeh!«

»Ja, ja, des ko sei, wias mag, mi gehts nix o – und etza muass i geh, pfüat Eana.«

»A guate Besserung und denkas Eana nix weng dem Kranksei, des tuat dem nur guat, der is doch so reich!«

Aber Jakob war schon weitergegangen.

# Quälende Erinnerungen

Karl lebte eigentlich wie alle anderen nach dem Krieg. Er hatte sich gefreut, als endlich dieser unselige Krieg zu Ende war und er wieder in seine Heimat zurückkonnte. Er hatte eine sichere Arbeit, die ihm sein Auskommen gewährte, und er war glücklich verheiratet. Man hatte sich wieder an normale Verhältnisse gewöhnt, der Alltag hatte einen wieder.

Doch seit einiger Zeit war es nicht mehr wie vorher, etwas hatte sich verändert, irgendetwas beunruhigte ihn. Tief drinnen war eine Stelle, die ihn schmerzte. Er schlief auch schlecht und fühlte sich nicht mehr wohl in seiner Haut. Er hatte keine rechte Freude mehr, als er befördert wurde. Hilde war zwar etwas besorgt, aber sie dachte, das wird sich schon wieder geben. Aber was war los mit ihm?

Und immer wieder erwachte er von den sich in ihm festsetzenden Bildern und Gedanken. Er sieht die Soldaten wieder vor sich, sie marschieren brav auf Befehl in den Kugelregen. Manche mit einem kleinen Lächeln, andere angespannt und mit verzweifelten, alten Gesichtern, als hätten sie sich plötzlich verwandelt und die Jugend sei mit dem Kanonendonner davongeflogen.

Um sie her sah er die leidende Natur, aufgerissene schwarze Löcher im Boden, zerfledderte Sträucher, zertrampelte Blumen, abgerissene Äste, geknickte Bäume. Wie gut, dass die Natur nicht schreien kann, dachte er, sonst könnte man auch den lautesten Geschützlärm nicht mehr hören und die Menschen könnten das nicht mehr aushalten.

Karl liegt in seinem komfortablen weichen Bett, ihm ist heiß und kalt, die Bilder sind nicht zu verscheuchen, sie werden immer klarer und beginnen, ihn zu quälen. Warum denn das alles jetzt noch? Er hat das doch nicht zu verantworten, warum plagen ihn diese unnützen, grässlichen Bilder? Hatte er nicht alles bereits weit in die Vergangenheit verbannt und wie er glaubte, vergessen? Wozu also jetzt diese scheußliche Erinnerung?

Ja sicher, er hat wohl pflichtgemäß Kommandos gegeben, wie das im Krieg unumgänglich ist, und damit Soldaten in den Tod geschickt, junge, einst fröhliche, voll Hoffnung in die Zukunft blickende Menschen. Viele, viele sind es gewesen. Aber hätte er denn eine andere Wahl gehabt, anders handeln können? Hätte er es verhindern können? Nein, und nochmals nein, man hätte ihn vielleicht erschossen, rigoros wie man damals mit »Ungehorsamen« umgegangen war, wenn er den Befehlen von oben nicht gehorcht hätte; auf alle Fälle ihn durch einen »Fähigeren« ersetzt. Und dann waren da noch der Patriotismus – und der Ehrgeiz.

Doch weshalb kommen ausgerechnet jetzt immer wieder diese Bilder, vor allem nachts, wenn sie sich ungestört auf ihn stürzen können? Tagsüber konnte man sie durch die Arbeit vertreiben, aber nachts überfielen sie einen aus dem Hinterhalt der Finsternis. Seine Seele ist voll von all dem Grauen, das er nicht verhindern konnte und an dem er doch mitschuldig war.

Hilde schläft schon längst in ihrem eigenen Zimmer, sie konnte sein Umherwerfen, sein Schwitzen, sein Gemurmel nicht mehr ertragen. Auf seine Erklärungen antwortete sie: »Was hast du denn, du hast dich als tüchtiger, tapferer Offizier erwiesen, hast Orden bekommen, lebst jetzt in guten Verhältnissen. Was also willst du? Du kannst nichts rückgängig machen. Du bist doch nicht schuld am Krieg, den haben andere angezettelt, die sollen das auch verantworten. Mit all deinem Grübeln kannst du keinen Einzigen mehr lebendig machen. Also höre auf damit. Wenn du nicht gewesen wärst, hätte ein anderer die Befehle gegeben. Ja, ein anderer – und der hätte jetzt sicher keine Probleme mit dieser Vergangenheit. So ist das einmal im Krieg, in jedem Krieg, das änderst du auch nicht. Also höre endlich auf mit deinem Jammern, es ist völlig sinnlos und ändert absolut nichts mehr.«

Doch ist das ein Trost? Früher hatte er sich nichts aus Gott gemacht, er brauchte ihn nicht. Und auch während der schlimmen Zeiten war das nicht anders. Was sollte ihm nun Gott? Er kannte ihn nicht, er hatte kein Verhältnis zu ihm. Besser kam er ohne ihn zurecht. Zwar hatte er früher einmal Religionsunterricht gehabt – in der Schule. Aber er hatte dies alles nicht für voll genommen. Das hatten sich irgendwelche Fanatiker ausgedacht, wie es zu allen Zeiten war. Alle Völker hatten ihre Götter und Götzen. Und die Kirchen hatten ihre Macht auf diese Lehre aufgebaut, ihre Scheiterhaufen angezündet und heute keine Probleme mehr damit. Und sie lebten trotzdem nicht schlecht mit all dieser Schuld, aber sie hatten weiter die Macht, um die es ihnen doch letztlich ging.

Aber warum nur plagte er sich seit Monaten mit diesen völlig überflüssigen und nutzlosen Gedanken an die Vergangenheit? Ist das nicht alles restlos vorbei und nicht mehr zu ändern?

Er fing an, abends einen tüchtigen Schlaftrunk zu nehmen, und das half auch etwas. Doch diese verteufelten Erinnerungen ließen sich nicht so einfach verjagen. Sie krochen jetzt auch morgens aus ihren Schlupfwinkeln hervor und störten ihn tagsüber bei der Arbeit.

Wieder einmal war er erwacht. Er stand auf und trat ans Fenster, durch das die Kühle der Nacht ins Zimmer strömte, und blickte zum Himmel auf, der mit fröhlich blinkenden Sternen zu ihm heruntersah. Diese ungeheure Weite – und er als winziges Häufchen Leben, schwer belastet mit finsteren Gedanken. Lange stand er so und die Ruhe der Unendlichkeit zog langsam in seine Seele ein. Er legte sich wieder hin und schlief ein.

Einmal tobte ein Traum durch ihn hindurch. Überall war Rauch und Staub, der Himmel drohend und dunkel, von Zeit zu Zeit durch ferne Blitze erhellt, und rings um ihn lagen Verwundete und Tote, er aber ging singend durch das Chaos und die Trümmer – und aus dem Qualm tönte Glockenläuten. Er sah sich um, woher diese Töne kämen, doch alles lag in Schutt und Asche, es gab keine Kirche, keinen Turm. Die Glockentöne wurden lauter und lauter, bis er davon erwachte. Er sann lange diesen Bildern nach, konnte aber keinen Sinn in ihnen erkennen; doch vergaß er sie nicht mehr.

Um ihn ging das Leben weiter seinen Gang. Er war alleine, Hilde hatte es nicht mehr ausgehalten bei ihm. Ihm war es egal, ob es Frühling oder Herbst war, ob die Sonne schien und die Blumen die Welt mit ihrer Schönheit und ihrem Duft erfreuten. Er blickte nur selten auf, um die Menschen anzusehen. Die meisten hatten keine frohen Gesichter, waren blass und stumpf, leblos, tot. Woher sollte ihm da Freude und Trost kommen? Er sprach auch mit keinem. Seine Bedürfnisse, wie Essen und Trinken, konnte er selbst befriedigen und zum Saubermachen etc. hatte er eine junge Ausländerin, die nur ihre Muttersprache kannte, aber leicht begriff, was zu tun war. So brauchte er nicht zu reden und was sollte er auch sagen? Seine Gedanken kreisten stets nur um das eine Thema, das nur ihn anging. Er hatte die Empfindung, als krümme sich seine Seele, an die er ja gar nicht glaubte, in ihm zusammen. Sein Verstand sprach ihn frei von jeglicher Schuld – wieso dann diese entsetzliche Wiederauferstehung der Vergangenheit?? Seine Gesundheit hatte ihn verlassen, sein Herz klopfte immer lauter, Schmerzen wühlten in ihm und allerlei Leiden stellten sich ein – doch all das beachtete er nicht. Den Verlust seiner Arbeit hatte er hingenommen. Und Hilde hatte ihn längst allein gelassen.

Eines Nachts, er hatte den ganzen Tag draußen in der warmen Sonne, zwischen Vogelgesang, der ihm Tränen in die Augen trieb, und dem Flugzeuglärm des nahen Flughafens zugebracht. Er war so unendlich müde und auf einer Bank eingeschlafen. Da kam ein neuer Traum zu ihm. Er musste sich vor einem Gericht verantworten, weil er am Tode vieler junger Menschen schuldig war. Eine lange Liste wurde ihm vorgelegt, strenge und böse Worte fielen in seine Ohren und sein geplagter Körper zitterte wie Herbstlaub im Wind. Er wurde zum Tode verurteilt. Völlig gebrochen schleifte man ihn in einen finsteren, nackten Hof und stellte ihn gegen die Mauer. Er sah nicht auf, die Kraft reichte nicht mehr und als die Salve krachte, machte sein Herz einen wilden Satz und hörte auf zu schlagen.

# Der Einsame

Viele Jahre schon hatte er in der selbstgewählten Einsamkeit verbracht und er hatte sich auch sehr daran gewöhnt. Wenn nur eines nicht gewesen wäre: Er wartete immer noch auf den Ruhm, dass die Leute von ihm als von einem »Heiligen« sprechen würden.

Vor seinem Einsiedlerleben freilich konnte man beim besten Willen nichts Heiliges an ihm finden, denn er war reicher, viel zu reicher Eltern Sohn, die wenig Zeit für ihn gehabt hatten, denn der Reichtum musste verwaltet werden, ein großes Haus musste geführt und die Zeitungen mussten auch beschäftigt werden, so dass für Kinder und ähnliche Störungen wenig Zeit blieb. Seine Eltern versorgten ihn mit Geld und allem, was sie für nötig fanden, und glaubten, damit genügend getan zu haben für ihren Sohn. Doch Franz kehrte sich wenig daran, dass sie sich nicht viel um ihn kümmerten. Im Gegenteil, er freute sich, dass er genug Geld besaß, um niemanden fragen zu müssen, ob er sich dieses oder jenes erlauben konnte, und lebte frisch-fröhlich drauflos. Seine Freunde und Freundinnen halfen ihm dabei, den Reichtum zu zerkleinern, und Sorgen gab es dabei so wenig, wie sich nur irgend denken lässt.

Bis – ja bis eines Tages die verdammte Spielerei anfing, in der er sich aus Langeweile und Überdruss verfing, wie die Fliege im Netz der Spinne. Hier gab es noch Spannung, hier gab man sein Geld aus, um etwas zu erleben, hier fühlte er sich als ein großer Mann, als Held des Tages, wenn er einen Haufen Münzen oder Scheine verloren hatte und vor allem die ekelhafte Langeweile des Alles-Habens, des Immer-nur-großartig-Seins verging. Ihm war nie aufgefallen, ob sich im Leben seiner Angehörigen irgendetwas ereignet hatte, es wäre ihm wohl auch im Grunde egal gewesen. Aber dass sein Vater ihn eines Tages ansprach, um ihm schroff mitzuteilen, dass er mit dem Geld, das er nicht selbst verdient hatte, vorsichtiger umzugehen hätte, das fand er einfach lächerlich und dachte nicht weiter darüber nach. Er lebte weiter wie vorher, sein Trotz erlaubte ihm nicht, sich eine Beschränkung aufzuerlegen, wie z. B. nicht mehr ins Casino zu gehen, nicht mehr zu spielen – und eines Nachts blieb ihm nichts mehr als das, was er auf dem Leib hatte. Alles andere, der Wagen, das Geld, sein Bankkonto, alles war erledigt. Was nun? Zu diesem widerlichen, lächerlichen Vater zu gehen? Nein, lieber ins Wasser oder sonst wohin.

Und so streunte er durch die aufkommende Morgenkühle, um zu überlegen. Allerlei ärmliche Gestalten schlichen umher, die offenbar auch nichts mit sich anzufangen wussten und dem jungen, eleganten Herrn misstrauisch aus dem Wege gingen. Es war ein langer Tag, der sein Innenleben völlig durcheinanderbrachte. Das ganze Leben zog durch ihn hindurch und er überlegte, wie er nun wieder zu Geld kommen könnte. Der Rat seines Vaters, sich selbst etwas zu verdienen, erschien ihm nach wie vor absurd, denn wie sollte das wohl gehen?

Er hatte keine Lust auf einen Beruf, er wusste nicht, was er überhaupt machen könnte. Sicher, gelernt hatte er auf Wunsch des Vaters, als Arzt sein Brot zu verdienen. Aber hatte er nicht inzwischen alles vergessen? Er müsste wohl zuerst einmal als kleiner Angestellter irgendwo sein Brot verdienen – er, als Sohn eines steinreichen Mannes, er sollte Geld verdienen?? Absurd erschien ihm dieser Gedanke.

So streckte er sich und machte sich auf in den Klub. Irgendeiner wird schon einen Weg wissen.

Felix war schon immer erfinderisch und sehr großartig gewesen und riet ihm, seinen Vater einfach zu bestehlen, da er ja ohnehin der Erbe sei und letztlich alles bekäme. Er nähme es ja nur so »vorweg«. Das war ja nun wirklich kein besonders großartiger Rat. Und Franz überlegte lange, denn zuerst kam ihm die Idee als nicht in Ordnung, als zu gewagt, vor. Doch was tat das, er konnte es ja wieder zurückgeben bei Gelegenheit und der neue Scheck wird bald kommen, dachte er. Bei genauem Nachsehen fand er in Abwesenheit des Vaters Geld in dessen Büro und nahm es an sich. So konnte das alte Leben erst einmal wieder einziehen, denn für einen Monat würde es reichen. Wie Franz gehofft hatte, merkte der Vater den Verlust nicht, denn das Geld stammte aus einem größeren Stapel – und war für eine Neuanschaffung in naher Zukunft vorgesehen. Deshalb war es auch nicht im Safe. Aber Franz wunderte sich nicht weiter, Hauptsache, er hatte wieder Geld in der Hand.

Zuerst versuchte Franz, etwas sparsamer zu sein und abzuwarten, bis er wieder »frei« wäre. Der monatliche Scheck kam pünktlich – trotz der Ermahnung des Herrn Papa – und so konnte das alte Leben wieder seinen Lauf nehmen. Doch Geld ist eine kurzlebige Angelegenheit und bald meldete sich ein erneuter Bedarf, er hatte wieder Spielschulden, und zwar beträchtliche. Diesmal machte er weniger Umstände und nahm sich gleich das ganze Bündel. Er wunderte sich zwar, dass sein Vater so vertrauensselig war und sein Geld nicht besser versteckt hatte. Aber für ihn war die Sache schon in Ordnung.

Wenig später aber war die Zeit gekommen, wo diese Geldreserve gebraucht wurde, und da kam der ganze Schwindel auf. Es gab eine sehr ernste Auseinandersetzung zwischen Vater und Sohn, die damit endete, dass Franz das Haus verlassen musste, und diesmal half keine so großartige Idee von seinem Freund Felix. Jetzt sah er auch, wie viele Freunde er wirklich hatte. Keiner wollte helfen, keiner hatte Interesse daran, ihn zu stützen. »Geh doch zu deinem Alten, der wird dir schon helfen, er hat doch genug und kann es nicht mitnehmen«, wurde ihm geraten. Doch die Zeiten hatten sich geändert. Sein Vater sah die Situation völlig anders als früher. Und auch auf seine Mutter konnte er nicht mehr zählen, sie fand es völlig richtig, wie sich der Vater verhielt. Franz war verzweifelt, denn jetzt waren alle Möglichkeiten ausgeschöpft. Er war zum ersten Mal ohne Geld, ohne Aussicht auf Hilfe, auf sich allein gestellt.

Und tief in ihm drinnen saß ein Mahner, der ihm wieder und wieder sein vermurkstes Leben vorhielt. Wie fröhlich ging für andere junge Männer der Tag vorüber, wie viel schöner lebte es sich mit allen Annehmlichkeiten in einem geordneten Ablauf, wo für alles gesorgt war und keine beschwerenden Lasten auftraten. Eigentlich musste es doch tatsächlich besser sein, ohne schlechtes Gewissen, ohne Bosheit und Ärger zu leben, grübelte Franz.

Und so machte er sich endlich auf den Weg zu sich selbst, zu seinem eigenen Ich. Diesmal war es ernst und nun wollte er alles hinter sich lassen und sich nur noch auf sich selbst besinnen. Er wanderte hinaus aus der Stadt, weiter und weiter, und kam gegen Abend müde und erschöpft in einer einsamen Gegend zu einer Hütte, in der er die Nacht verbringen wollte. Er war durch das lange und völlig ungewohnte Umherlaufen todmüde, legte sich auf eine Bank und schlief sofort ein. Am anderen Morgen erkundete er sein primitives Quartier und entdeckte einen kleinen Essvorrat und hinter der Hütte gab es auch Wasser. Ein winziges Bächlein gluckerte da.

Franz sah, wie die Sonne aufging, er atmete die herrlich frische Luft und konnte nicht glauben, dass die Welt so wunderschön war. Er war eigentlich zum ersten Mal glücklich – und hatte doch immer gedacht, er sei es in all seiner Unabhängigkeit. Aber war er denn nicht grenzenlos einsam gewesen inmitten all seiner Freunde und der wechselvollen Vergnügungen? Nie zuvor hatte er sich so seltsam wohl gefühlt in seiner Haut wie jetzt! Und Sorgen um sein künftiges Leben hatten in seiner Seele im Moment keinen Platz. Er vertraute auf die Zukunft und er wusste, jetzt würde alles gut werden.

Da er häufig längere Zeit von zuhause weg war, fiel es niemandem auf, dass man nichts von ihm hörte. Erst als die Schecks, die ihm sein Vater pünktlich ausstellte, lange Zeit nicht mehr eingelöst wurden, wurde man in seinem Elternhaus unruhig und begann, nach ihm zu forschen. Seltsam wurde auch vermerkt, dass keiner seiner Freunde irgendetwas von ihm wusste. Er war wie vom Erdboden verschwunden. Doch irgendwie sickerte ein Gerücht durch die Gegend, dass sich im Wald in einer alten Hütte ein junger Mann befand, der ganz alleine für sich lebte. Zunächst wollte man ihn suchen, doch der Vater glaubte, dass er wohl ganz von selbst wiederkäme, wenn ihm die Einsamkeit auf die Nerven ginge. Für Franz wäre es eine neue Erfahrung, die ihm sicher nicht schaden würde. Und dabei blieb es.

Viele lange Tage und Wochen lebte Franz in der kleinen Hütte, die scheinbar niemandem gehörte, suchte sich Beeren und Wurzeln und aß Pflanzen, die er aus seiner Studienzeit kannte, und das Bächlein spendete kühles, herrliches Wasser. Die Hirten, die in der Gegend ihre Schafe hüteten, wunderten sich, dass plötzlich ein junger Mann in der alten Hütte hauste. Sie besuchten ihn zuweilen und brachten ihm auch zu essen. So nach und nach begann er, sie bei Krankheiten zu beraten, und Leute aus den umliegenden Dörfern kamen zu ihm, um sich Rat zu holen. Und manch einer brachte auch kleine Geschenke mit. Er hatte eine alte Wolldecke bekommen, allerlei Kleinigkeiten, damit er sich etwas kochen konnte, holte sich Bruchholz im Wald und sehr viel Zeit verging ihm, wenn er begann, über den Sinn seines Lebens gründlich nachzudenken. Und viele Fragen kamen auf ihn zu, mit denen er sich auseinandersetzen musste.

Aber was und wo war Gott? Dieses Rätsel begann ihn unendlich zu beschäftigen. Er hatte Gott ja früher nie gebraucht und auch von seinen Eltern kaum etwas darüber gehört. Doch er erinnerte sich schwach an den Religionsunterricht, vieles tauchte in seinem Gedächtnis wieder auf, von dem er nicht wusste, dass er es aufgespeichert hatte. So sann er in den vielen stillen Stunden nach und fing an, zu beten, weil er die Empfindung hatte, dass er dadurch eine Verbindung zu dem, was er Gott nannte, bekommen konnte.

Franz saß vor seiner Hütte in der Sonne und dachte nach wie all die vielen, vielen Tage. Er versuchte, herauszufinden, wie lange er nun schon in dieser Einsamkeit hauste, fast vergessen von den Menschen, die nur alle paar Tage kamen, um ihm das Allernötigste zu bringen und um Rat zu fragen, sich aber sonst wenig um ihn bekümmerten. Es mussten wohl schon Jahrzehnte vergangen sein, seit dem Tage, da er des Überflusses überdrüssig, und mit einer großen Schuld auf seinem bereits stumpfen Gewissen, hier ankam, um diesen kleinen Fleck Erde nie mehr zu verlassen. War er nicht glücklich geworden hier, und hatte er nicht jetzt alles, dessen er bedurfte, während er doch damals, als ihn noch die Welt gefangen hatte, mit nichts und niemandem zufrieden war, nicht einmal mit sich selbst?

Nur ein Gedanke saß wie ein Kobold in seinem Kopf, den konnte er um nichts loswerden. Warum sprachen die Leute, die ihn nicht verhungern ließen, von ihm nicht als von einem heiligen, frommen Mann, sondern nannten ihn nur immer »der Alte«? Tagtäglich grübelte er über dieses Rätsel nach. Völlig verändert hatte er sich ja. Wie war das alles so zugegangen? Er betete fleißig für die Leute, für sich und für die Welt, er lebte einsam und spartanisch in seiner Hütte, was also war es, dass die Menschen, die zu ihm kamen, ihn nicht besonders verehrten? Er hätte doch viel mehr Freude an seiner Einsiedelei, wenn man ihn anerkannte durch Verbeugungen, durch Bitten um Fürbitte oder Ähnliches. Sicher, es hatte sich herumgesprochen, dass er von Krankheiten etwas verstand, und die einfachen Leute kamen, um ihn um Rat zu fragen, brachten ihm Lebensmittel, auch einmal eine Flasche Wein, aber sonst kümmerten sie sich nicht viel um ihn. Sie dachten sicher, er wollte nicht gestört werden in seiner Einsamkeit. Und so unrecht hatten sie damit auch nicht. So wollte er sich zufriedengeben. Sie hatten ihn ja nicht vergessen, sie kamen zu ihm mit ihren Fragen und Sorgen und brachten ihm, wessen er bedurfte.

So gingen die Jahre ins Land und Franz lebte heiter sein einfaches Leben. Aber ein Tag war anders als alle anderen. Er war morgens aufgestanden wie immer, die Vöglein sangen ihm ihr Morgenlied und die Hirten kamen, um ihn zu besuchen. Doch heute brachten sie ihm allerlei Geschenke und versammelten sich um seine Hütte. Ein kleiner Junge sang ihm ein fröhliches Lied, dem er entnehmen konnte, dass er seit vielen Jahren hier lebte. Alle Leute verneigten sich vor ihm.

Es war ihm nicht bewusst gewesen, dass so viele Jahre in seiner Einsamkeit vergangen waren, und er spürte, dass das Alter an seine Türe klopfte. Alle Hirten und Leute aus den Dörfern, die gekommen waren, baten ihn, doch nun zu ihnen in eine richtige kleine Wohnung zu kommen, damit sie ihn in seinen alten Tagen pflegen konnten und er nicht mehr so alleine sei. Wie freute sich Franz über diese lieben Leute, die ihn so schätzten und gernhatten! War es nicht ganz fabelhaft hier oben in seiner stillen Hütte? Und wie glücklich war er hier geworden. Franz bedankte sich sehr bei den Leuten für ihre Fürsorglichkeit und wollte sich das gerne überlegen.

Wie wunderbar war ihm doch die Zeit hier in der Hütte vergangen, denn er hatte sich ja selbst gefunden. Er dachte nur noch mit Unbehagen an die frühere Zeit. Wie hatte er damals nur glauben können, dass er glücklich sei! Wie hatte er nur so leben können? Er konnte es sich einfach nicht mehr vorstellen. Wie unendlich arm, ja armselig, war er doch damals gewesen. Er hatte die Herrlichkeit der so großartigen Schöpfung nicht gekannt, er hatte die Zuneigung der Menschen völlig falsch eingeschätzt. Diejenigen, die er für seine besten Freunde gehalten hatte – sie hatten ihn im Stich gelassen, als er sie gebraucht hätte. Nicht einmal auf den lieblichen Gesang der Vögel hatte er gehorcht und sich auch nicht an den vielen bunten Blumen gefreut. Wie arm war er gewesen mit all seinem Reichtum.

Sein Herz war nun voll Freude. Er war glücklich über die vielen Menschen, die nun zu ihm gekommen waren, um ihn in ihre Mitte zu holen. Selbst sein früheres Verlangen nach Ehre und Anerkennung war verschwunden, nur die reine Freude, die ihn all die Jahre erfüllt hatte, war geblieben. Eine unendliche Glückseligkeit hatte ihn erfasst, denn er hatte Gott gefunden.

Und so wollte er gerne weiterhin in seiner Einsamkeit leben, bis es ihm vielleicht einmal nicht mehr möglich sein würde, sich alleine zu versorgen. Dann wollte er gerne die Hilfe seiner vielen lieben Freunde annehmen.

Als es nun Abend wurde, verließen ihn die vielen Menschen, und um ihn breiteten sich Stille und die Herrlichkeit der Schöpfung aus.

# Frieden?????

Wie kann man z. B. immerzu die Sünden der Vergangenheit aufwärmen, die Schandtaten zur Grundlage neuer Schrecknisse machen? Leicht ist es, auf Vergehen in der Vergangenheit zurückzugreifen, um immer wieder neue Gründe für Rache und Vergeltung zu finden – doch werden hier nicht die Schändlichkeiten dieser Vergangenheit wiederholt? Sollen wohl die Vergehen der Gegenwart durch Hervorheben der früheren Scheußlichkeiten etwas in den Hintergrund gedrängt werden? Werden mit dem ewigen »Aufrechnen« nicht immer neue Vergeltungswünsche wachgerufen und sanktioniert, die neues Unrecht hervorrufen? Wann soll da ein Ende werden und Frieden kommen?

Christus hat uns gelehrt, sieben mal siebzigmal am Tage zu vergeben. Er hat uns geboten, auch die zu lieben, die von anderen verachtet und angefeindet werden. Warum rechnen wir selbst im engsten Kreis immer »Fehler« auf? Suchen wir nur einen Grund, um uns von dem anderen abzuwenden, ihm nicht helfen zu müssen, wenn er uns braucht, oder ihn zu erniedrigen, um selbst ein bisschen höherzukommen? Oder wollen wir uns auf alle Fälle besser darstellen, um ihn zu beschämen?

### Und da wollen wir Frieden??

Wollen wir nicht endlich aufhören, neues Unrecht zu säen, immer wieder zu provozieren und nach einem Grund zu suchen, um andere zur Seite zu schieben? Wollen wir immer noch den anderen schaden, anstatt ihnen beizustehen, uns um sie zu kümmern? Ist es nicht endlich an der Zeit, ein Zeitalter der Menschlichkeit aufzubauen und daran mit all unserer Kraft zu arbeiten???

Wenn uns jemand Unrecht getan hat – was soll's? Hat er es denn böswillig getan oder »aus Versehen«? Sind wir selber so unglaublich »gerecht«, dass wir auf einen anderen einen Stein werfen dürfen? Sehen wir noch immer den Balken in unserem Auge nicht, um nur fleißig nach dem Splitter im Auge des anderen zu suchen? Sehen wir immer nur des anderen Mängel, ohne auf unsere eigenen Lieblosigkeiten gegen unseren Nächsten zu achten? Oder haben wir ein Privileg dafür, »unsere Meinung« für göttliche Freibriefe zur Verurteilung des anderen zu halten? Immer, wenn wir an anderen Fehler sehen, die uns nach unserer Meinung ein Recht darauf geben, ihn »abzuschreiben« (weil wir selbst so unwahrscheinlich fabelhaft sind!)? Wenn wir denken: Der ist bei mir unten durch – dann sollten wir kritisch und objektiv uns selbst genau überprüfen, denn sehr wahrscheinlich werden wir bei uns ganz abscheuliche Gedanken erkennen, die mit den Tatsachen (z. B. den beim anderen entdeckten Fehlern) in keinem Verhältnis stehen. Auch der andere hat ein Recht auf Achtung. Wie wir selbst daran arbeiten müssen, Unrecht künftig zu vermeiden, so müssen wir ihm die gleiche Chance einräumen und haben kein Recht, ihn durch unsere ungerechte Verachtung auf seinem Weg zu behindern.

Bei keinem Menschen können wir sagen, wann ihm seine Fehler erkennbar werden und er beschließt, sich zu ändern. Nur bei uns können wir das. Wollen wir unsere »Besserung« auf später verschieben und zuerst dem anderen die kalte Schulter zeigen, damit er erkennt, wie großartig wir im Vergleich zu ihm sind?

Wird uns ein Unrecht vorgehalten, haben wir immer gleich einen Vers darauf. »Ja, das war früher einmal, vergessen wir es!«, oder: »Das war ein Versehen, man kann sich ja mal irren!« – Aha, bei uns selbst soll es vergessen sein, aber anderen halten wir nur zu gerne alles, was uns nicht passt, vor. Wir haben ihn »erkannt«, wir wollen mit ihm nichts mehr zu tun haben, wir sind fertig mit ihm und vor allem haben wir jetzt einen »triftigen Grund«, ihn künftig in jeder Hinsicht im Stich zu lassen. Und ist das nicht ein sehr »erhebendes« Gefühl???

Warum ist es uns denn so wichtig, eigene Fehler zu vergessen, auch wenn wir damit andere Menschen schwer gekränkt haben? Warum versuchen wir nicht, ihm nun eine Freude zu machen? Und vor allem, wollen wir uns nicht entschuldigen?? Sind wir wirklich zu egoistisch, zu bequem? Was kostet uns denn das??? Es ist schon erstaunlich, wie wir uns aus jeder x-beliebigen Lage herausmogeln! Wenn unsere Fähigkeiten auch auf anderen Gebieten so großartig wären wie bei dieser Art von »Selbstschutz«, was könnten wir bewirken!!!! Ja, wenn es um unser eigenes Wohl geht, muss alles andere warten und zurückstehen, egal mit welchen Folgen.

Doch plötzlich ist es zu spät! Der andere, der so sehr auf ein liebes Wort gewartet hat, auf eine kleine Hilfe, der mit Bitterkeit an die Kränkung dachte und der uns so gerne vergeben hätte, wenn wir nur ein kleines »bisschen« getan hätten, ihm zu zeigen, dass wir ihn ja mögen – er lebt nun nicht mehr. Und in unserer Seele bleibt ein Widerhaken. Immer wieder denken wir an das Versäumte: Hätten wir doch ... Und es lag nicht daran, dass wir keine Zeit hatten, denn für alles mögliche Unnütze hatten wir Zeit. Wir schoben es nur auf, wir hatten keine Lust oder auch keinen Mut.

Denn es gehört Mut dazu, die eigenen Fehler zuzugeben!!!
Und in dieser Hinsicht steckt die Welt voller Feiglinge.

**Und doch:** Wie viel Verdruss und Zwist wäre auf diesem Wege aus der Welt zu schaffen! Aber wir wollen ja gar nicht, dass dies aus der Welt geschafft wird! Wir wollen den Unfrieden, wir wollen beleidigt sein (das gibt doch so ein herrliches Gefühl!), wir wollen auf die anderen herabsehen – darum geht es uns doch, auch wenn wir es vielleicht selbst gar nicht mehr merken! Diesen Genuss wollen wir uns nicht nehmen lassen – es ist zu schön, über die anderen herzuziehen und sich selbst dabei für so viel besser zu halten!

Na, dann macht eben so weiter wie bisher – es wird euch kein Glück daraus erwachsen – aber das wisst ihr ja selber und ihr wollt es gar nicht anders!!!

# Gleichnisse der Zeit (Die Mauer)

An einem zauberhaften Sommertag voll Duft und Heiterkeit schlenderten wir an der Mauer des Parks entlang. Die großen, breiten Wege wimmelten von Spaziergängern, bunten Kleidern, Sonnenschirmen, Sprechen und Kinderlachen, während der kleine Weg innerhalb der Schlossmauer einsam und still brütend in der Sonne lag.

Ringsum sangen noch die Vögel wie an einem Frühlingstag und wir genossen die Stille und Einsamkeit, nach der man sich als betriebsamer Großstädter unwillkürlich sehnt. An einigen Stellen war die Mauer nach dem Krieg durch Bombensplitter zerbrochen gewesen und man konnte früher durch eine dieser Lücken nachts in den geheimnisvollen, ein wenig beängstigenden Park schlüpfen. Jetzt ist die Mauer wieder hergestellt und nur durch die schweren Eisentüren kann man den Park betreten oder verlassen.

Wie seltsam doch eine Mauer sein kann. Heimelig, lauschig, geheimnisvoll. Die Schatten der Vergangenheit nisten noch in ihr und sie hat sich an ihren stillsten Ecken und den einsamsten Stellen etwas Königliches bewahrt, das man aber nur ganz alleine so richtig finden kann. Alt und teilweise bemoost ist sie, nur die Vögel können sie überfliegen, wir Menschen sind davor ausgesperrt oder dahinter gefangen, bis wir das Tor erreichen. Und die Bäume! Wie wunderbar friedlich machen diese alten, großen Bäume die Mauer, die Sonnenstrahlen und die Schatten der Blätter tanzen auf ihr, sie lebt wie der Park, wie das Gras, das sich auf ihr angesiedelt hat, und leise summen die Fliegen über die kleinen Wiesenblumen, die hier, weitab vom Besucherstrom, ungestört blühen.

Und da wandern die Gedanken zu einer anderen Mauer, die auch trennt, durch die aber Tore oder Sperrbalken die Passage versperren. Wie so ganz anders ist doch diese kahle, unfreundliche Mauer, wie starrt sie uns feindselig an, böse, mit ihren Türmchen, auf denen Menschen stehen mit Gewehren, mit ihrem Stacheldraht, ihrer Öde. Eine Unwürdigkeit, keine königliche, einladende Wand, ein starres, abweisendes, totes Ding. Auch nur ein Ding, aber ebenso Ausdruck der Menschen, die sich mit ihr identifizieren, wie die Parkmauer, die noch heute nur Abgeschlossenheit gegen den allgemeinen Tag ist und hinter der immer der Sonntag verborgen schlummert und träumt wie Pan mit der Hirtenflöte auf seinem Sockel. Die Mauer, die ein Volk trennt, hat Blut geleckt und riecht nach Auflehnung, nach harten Lederkoppeln und zusammengestellten Gewehren, von denen man nie weiß, ob und wann sie losgehen können.

Einige der Menschen, die es nicht glauben wollten, dass ihnen die Mauer nach dem Leben trachtet, ganz von sich aus, aus ihrer boshaften Art heraus, haben ihr Leben für ihren Glauben verloren. Sie lagen neben der Mauer und sie liegen noch dort für uns, sie werden liegen bleiben, solange die Mauer steht. Und auch hier singen die Vögel ihre Frühlingslieder, bauen ihre Nester und fliegen ungehindert herüber und hinüber. Die Gräser wachsen, soweit man es ihnen nicht mit Gewalt austreibt, und die Ritzen der Mauer werden eines Tages auch Sträuchern Nahrung geben, wenn alles wie ein Alptraum vorbeigezogen ist und nur noch Reste der Mauer an ein zerrüttetes Geschlecht und blinde Blindenleiter erinnern. Und eines Tages wird sie rings wieder von Unkraut und Bäumen überwuchert wie die alten Befestigungen in den Wäldern und nur noch ein Kopfschütteln wird übrig bleiben.